KB273335

페놀소동

장편소설 **폐놀소동**

초판인쇄 | 2008년 12월 15일   **초판발행** | 2008년 12월 20일   **저자** | 전수일   **펴낸이** | 배재경   **펴낸곳** | 도서출판 작가마을
편집·표지디자인 | 조훈아   **인쇄** | 선은인쇄사   **제본** | 광명제책사
등록 / 2002년 8월 29일(제 02-01-329호)
주소 / (121-841)서울시 마포구 서교동 448-38 한일B/D 302호   T.(02)333-2598 F.(02)333-1849
　　　부산사무실 /(600-012)부산시 중구 중앙동 2가 24-3 남경 B/D 303호   T.(051)248-4145,2598 F.(051)248-0723
　　　전자우편 / seepoet@hanmail.net

ⓒ 2008. 전수일   ISBN 89-90438-53-9   03810

정 가 / 10,000원

※ 지은이와의 협의에 의해 인지는 생략합니다.
※ 잘못된 책은 구입 서점에서 교환됩니다.

페놀 소동

전수일 장편소설

작가의 말

   멋진 작품을 쓰기 위해서라기보다 이것만은 남겨 두어야겠다는 생각에서 원고지를 잡았다. 바다로 흐르는 강물처럼 역류할 수 없는 삶의 한순간에 벌어진 일, 그것은 낙동강 페놀 유출사건이었다. 시간이 흘러 이제 기억하는 사람도 없다. 그러나 나의 가슴에 고여 있는 이 사건을 어떻게든 밖으로 퍼내고 싶었다.

   책을 만들어 보자! 초등학교 시절에 그려보았던 창작의 꿈을 이루어 보자며 용기를 내었다. 외로워도 혼자만 가는 길은 없다. 스칠 것만 같은 사람과의 인연, 전홍준 시인의 만남으로 문학의 길을 보았고 나는 소설의 형식을 택하여 글을 쓰기로 마음먹었다. 대학공부를 위하여 객지로 떠난 자식들의 책상에 앉아 원고지의 빈칸을 메우기 위해 발버둥 쳤다. 때로는 어리석은 짓이라고 망연히 하늘을 보며 헛웃음도 지었다. 시간은 강물보다 더 빨랐고 많은 변화를 만들었다. 아침에 만나는 신문을 아무렇게나 펼쳐도 활자가 선명하게 보이던 눈에는 돋보기가 필요했고, 흰머리는 햇빛에 더욱 무성해졌다. 그래도 빈칸을 채운 원고지의 숫자가 나의 흰머리 보다 많다고 자부한다.

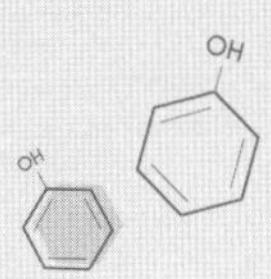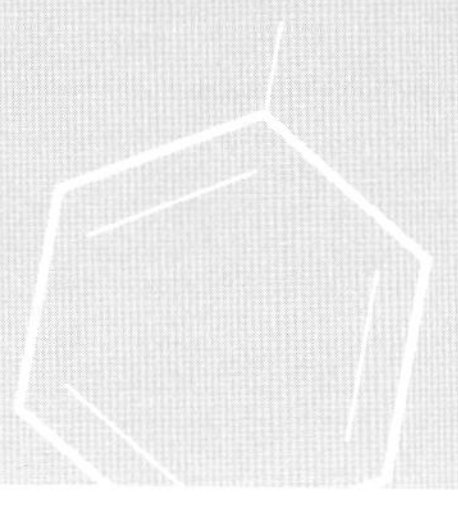

낙동강 페놀 유출사건은 욕심에 찬 인간의 어리석은 행동의 결과였다. 세상을 오염시키는 인간의 행동을 자연은 무한히 포용하지 않을 것이다. 그해 봄 낙동강가의 일천만 영남지역 주민이 마치 생명을 잇지 못할 듯 요란했던 시간을 망각하고 아직도 어리석은 행동을 되풀이한다면 유전병 같은 환경오염은 이 땅에 계속될 것이다.

글로써 환경오염을 막을 수 있을까? 자연을 지킬 수 있는 길은 정직한 기록과 반성으로 인간의 순수함을 키우는 것이다. 인간과 자연의 순수함을 찾고자 문학의 길을 시작하는 나의 서툰 걸음걸이를 흉보지 말고 독자들은 바르고 맑은 인생의 길을 걸어가길 바란다.

2008년 겨울

전 수 일

차례

폐놀
소동

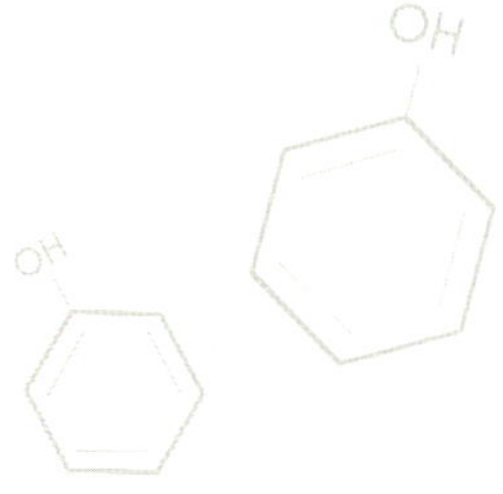

1

그 삼월의 월요일

어찌된 영문인지 지난 일요일 밤 아홉시 뉴스를 본 사람이 아무도 없었다. 실험실 직원 다섯 명 모두가 텔레비전을 보지 않은 것이다. 통근 버스에서 내려 이층 수질실험실에 도착한 직원들이 각자의 짐을 책상에 내려놓고 한 주의 첫날 월요일을 막 시작하려던 참이었다. 평소보다 늦게 시청 간부회의에 참석하기위해 나서던 소장이 실험실로 들어섰다. 아직 자리도 정리하지 못하고 책상 주위에 둘러선 실험실 직원들에게 소장이 물었다.

"상하수국장의 연락에 의하면 어젯밤 아홉시 뉴스에서 낙동강에 페놀이 흘러들었다는데 우리 사업소에서는 그 사실을 알고 있소?"

소장은 실험실 책임자인 정상기의 얼굴을 물끄러미 쳐다봤다. 정상기를 비롯한 다섯 명은 서로의 얼굴만 바라볼 뿐이다.

"한 번 알아보소."

소장은 머뭇거리면서 실험실을 나갔다.

삼월 중순의 짙은 아지랑이에 취한 듯 다섯 사람은 느릿하게 고압가스버너가 서있는 실험대로 모였다. 평소의 습관처럼 커피를 만들었다. 창 밖에는 네 개의 침전지沈澱池가 그린 듯 나란히 놓여있다.

침전지를 통과하는 물빛은 선명한 비취색깔이다. 이럴 때면 커피향기와 함께 서로의 이야기가 뭉게구름처럼 피어올라야 한다. 그러나 오늘은 찻잔을 자동세척기에 차례로 담그고 말없이 제자리에 앉았다.

"이 기사, 페놀검사는 언제 했습니까?"

정상기가 페놀 수질검사 담당인 이준성에게 물었다.

"저번 달에……"

이준성이 얼굴을 붉히며 말꼬리를 흐렸다가 힘을 주어 변명을 한다.

"음용수飲用水 관리규정에는 한 달에 한 번인데요 뭐."

이준성이 일어서서 자신의 실험복을 챙겼다.

정상기는 이화학 사전을 펼치며 실험보조요원인 신길태에게 지시한다.

"신 기사는 낙동강 원수原水 지점별 채수採水 출장 가도록 하이소."

정상기는 페놀에 관한 참고문헌을 찾았다. 약품투약실험을 담당하는 김정미와 병리기사 김숙영이 각자의 실험대로 조용히 자리를 옮긴다. 정상기는 참고문헌에 고개를 파묻는다.

〈페놀: 히드록시벤젠에 해당하는 무색결정성 덩어리. 페놀류의 대표적인 것임. 녹는 점 42도C, 끓는 점 180도C. 물을 조금 품고 있으면 녹는점이 훨씬 내려감. 특유한 냄새를 가지고 독이 있음. 물에 녹고, 알코올. 에테르에는 잘 녹음.〉

약품투약실험을 마친 김정미가 제자리로 돌아와 낮게 말한다.

"응집실험은 아주 양호합니다."

"그럼 김 기사는 작년에 구입한 간이수질검사계기에 페놀검사 항목이 있는지 확인해 보이소."

정상기는 김정미를 보지도 않고 참고문헌을 살피며 말했다.

〈페놀류: 페놀 즉 석탄산이나 그 유도체인 클로르 페놀, 크레졸 등을 총칭한 것이다. 소독제, 합성수지, 의약품등의 제조 원료에도 쓰임.〉

정상기가 고개를 파묻고 있는 책은 대학 은사로부터 받은 대구시 상수도 교육교재이다.

〈페놀류는 그 자체에 독성이 있지만 10,000PPM의 페놀을 함유하고 있는 물을 마시게 한 큰 쥐에는 생리적으로 아무런 이상이 없었던 예로부터도 알 수 있듯이 상당한 양까지는 동물에 대해서는 무해한 것으로 되어있다. 그렇지만 페놀류는 수돗물에 조금이라도 함유되어 있으면 큰 문제가 된다. 그 이유는 수돗물은 반드시 염소鹽素 소독消毒을 하는 것이므로 페놀류를 함유한 물은 염소소독을 하면 클로르 페놀이라는 이상한 냄새를 강하게 풍기는 화합물이 생긴다. 그러나 적정한 염소처리를 행하면 냄새는 감소하기 때문에 우리나라에서는 0.005PPM을 기준으로 채용하고 있다. 페놀류에 의한 냄새를 제거하는 방법으로는 완속 여과법, 파괴점 염소처리 및 오존처리 등이 유효하다.〉

"정 기사님, 나옵니다. 페놀이 0.1PPM이나 나옵니다."
김정미가 얼굴을 붉히며 정상기 옆에 멀뚱히 섰다.
"페놀이?"
정상기가 꿈을 꾸는 듯 몽롱한 눈빛으로 김정미를 쳐다봤다.
"시료는?"
갑자기 정상기의 목청이 울렸다. 김정미는 놀라움에 앉지도 못하고 대답했다.
"낙동강 원수입니다."
정상기가 책상을 탁치며 일어서서 전화기를 끌어당긴다.
"염소실, 염소실!"
염소실 근무자 강주영이 전화기와 먼 거리에 있는지 응답이 없다.

"이거 안 되겠다. 김 기사, 직접 가서 강 기사 보고 염소 투입 중지하라고 하이소. 어서, 빨리."

키가 큰 김정미는 실험복도 벗지 못하고 밖으로 나갔다. 정상기는 다시 전화기를 들었다.

"약품실, 서 기사님? 소석회 투입량, 약품 지시서 보다 10% 더 투입하십시오."

정상기와 이준성, 김숙영이 김정미가 검사하다만 간이 수질 검사 계기가 놓인 실험대로 모였다. 이 독일제 검사계기는 주어진 파장에 반응하는 물질이 나타내는 색깔을 눈으로 확인하는 비색기比色機이다. 이 기구의 정확성은 믿을 수 없어도 검사물질의 대략적 검출농도는 알 수 있다. 그래서 작년 겨울 정상기가 비상용으로 구입해 놓은 것이다.

심부름 간 김정미보다 염소실 근무자 강주영이 실험실에 먼저 왔다. 작업복 차림에 숨을 몰아쉬는 강주영이 정상기에게 염소 투입 중단 이유를 물었다.

"물에 이상이 있습니다. 별도 지시가 있을 때 까지 염소 투입을 중지하고 이산화염소를 투입하십시오."

염소 대체제인 액체 이산화염소 투입을 싫어하는 강주영이 뒷모습을 오랫동안 보이며 돌아간다. 얼굴에 홍조를 가득 띠며 김정미가 돌아오고 네 사람이 마주 앉았다.

"문제가 생기긴 생긴 모양입니다. 이 기사는 언제쯤 검사가 끝납니까?"

정상기가 무엇을 생각한 듯 이준성에게 물었다.

"오전 중에는 힘들겠습니다."

"보건사회부령으로 말고 다른 방법으로 검사하면 어떻겠습니까?"

이준성이 얼굴을 들고 뜸을 들이다 대답한다.

"일단 보건사회부령으로 검사하겠습니다. 지정된 검사방법은 이것뿐이니까…"

정상기가 김정미 쪽으로 천천히 고개를 돌렸다.

"그러면 이 기사는 보사부령으로 페놀검사를 하고, 큰 김 기사는 공정시험법으로 검사해 보이소. 작은 김 기사는 세균검사만 하지 말고 독일제 비색기로 한 시간 마다 페놀 검사를 하이소."

정상기는 김정미와 김숙영을 구분하기 위해 나이가 많은 김정미를 큰 김 기사, 김숙영을 작은 김 기사라고 불렀다.

"앞으로 입 조심해야 합니다. 공인되지 않은 자료, 즉 보고되지 않거나 허락되지 않은 자료는 절대로 외부에 알려서는 안 됩니다. 그리고 검사기록 철저히 해 놓으이소."

세 사람은 정상기의 다짐 같은 지시를 들었다. 말없이 각자의 임무를 수행하던 실험실의 정적을 깬 사람은 김숙영이었다.

"정 기사님, 정수淨水에서도 페놀이 나옵니다."

김숙영이 정상기를 향해 안경 속의 눈빛을 반짝였다.

"정수에서도?"

정수는 수돗물을 말한다. 수처리의 마지막 결과물을 정수장에서는 정수라 부르고 밖에서는 수돗물이라 부르는 것이다.

"얼마나 나옵니까?"

정상기는 아까보다 훨씬 차분했다.

"0.1PPM 정도……, 한 번 보십시오."

김숙영이 비켜서며 독일제 간이 비색기를 들어 올린다.

"0.1이면 정수 기준치의 20배 아니가!"

정상기는 고개를 저으며 실험대 끝에 붙은 정수 꼭지를 틀었다. 삼백CC 비커에 수돗물을 반 쯤 채워 조금씩 두어 번 마셨다. 비커의 남은 수돗물을 싱크대에 버리고 다시 수돗물을 받아 조금씩 마셨다.

"이상이 없는데?"

정상기는 고개를 가우뚱거리며 중얼거렸다.

"어째 원수. 정수가 같이 나오지?"

창밖을 바라보는 정상기의 뒤통수에 김정미의 목소리가 부딪친다.

"정 기사님, 여기도 김 기사랑 비슷하게 나옵니다."

김정미가 분광광도계의 수정 셀을 보란 듯이 뽑아 들고 있다.

한동안 창밖을 바라보던 정상기가 실험대 서랍을 뒤졌다. 실험대 모서리에 머리를 부딪치며 찾은 것은 솜과 여과재濾過財인 안트라사이트

와 자갈이었다. 그리고 안쪽 싱크대 옆 쓰레기통에 삼십 센티미터 유리관 세 개의 밑동을 깨뜨렸다. 깨어진 유리관 밑 부분을 솜으로 막아 여과지 축소 모형을 만들었다.

정상기는 침전수를 여과지 모형에 통과시켰다. 모형 여과지를 통과한 여과수를 플라스크에 담아 김정미와 김숙영에게 하나씩 건넸다.

"이거 검사해 보이소."

정상기는 창밖을 바라봤다. 오늘 따라 유난히 침전수가 푸르다. 낙동강물이 봄볕에 비스듬히 누운 침사지 제방 안으로 은빛 물방울을 일으키며 힘차게 쏟아진다. 약품실로 들어가며 꼬리를 감춘 낙동강 물은 혼화지에서 거품을 일으키며 회돌이 친다. 강물의 소용돌이는 넓고 깊은 침전지沈澱池에서 때를 벗으며 뭉게구름처럼 솟아오른다.

창가에서 실험대 쪽으로 몸을 돌리는 정상기를 김숙영이 마주한다.

"0.01PPM입니다."

정상기는 또 다시 중얼거렸다.

"페놀처리가 되는구나. 현 상태에서도 생각보다 많이 제거 되는구나."

정상기는 현재의 원수처리과정으로도 페놀이 10분의 1로 줄어드는 것에 마음이 놓였다.

낙동강 원수가 침전, 여과, 소독과정을 거쳐 수돗물로 바뀌는 데는 5시간이 걸린다. 그렇다면 5시간 전에는 낙동강에 지금보다 10배나 많은 페놀이 흘렀다는 것이다. 정상기는 이준성의 실험대로 걸음을 무겁게 옮기며 실험결과를 물었다.

"다 – 되어 갑니까?"

증류장치에 매달린 둥근 플라스크의 접촉부를 감싼 은박지를 매만지며 이준성이 대답한다.

"시간이 걸려도 결과를 산출해야 되지 않겠습니까? 그래야 감사라도 오면 할 말이 있지요."

이준성은 증류장치에서 떨어지는 증류수를 지켜보며 실험대에 걸터앉았다. 정상기가 이준성을 보고 웃음을 짓는다.

"이 기사, 보사부령 검사에 너무 부담 갖지 마이소. 그것은 원칙적인 것입니다. 원칙은 무기적이고 우리의 업무는 유기적입니다."

낙동강 원수의 페놀수치는 더 이상 오르지 않았다. 정상기는 또 다른 참고 문헌을 찾고 있었다. 낙동강 하구언 댐 공사 용역 보고서였다. 그때 갑자기 실험실 입구가 시끄러워지더니 소장, 담당관, 계장들이 한꺼번에 실험실로 들이닥쳤다. 정상기가 고개를 빼들었다. 하얀 벽에 걸린 검은 테의 벽시계가 열두 시 오 분 전을 가리켰다.

"어떻노? 나오나?"

정수계장의 앞지른 질문에 소장도 궁금증을 참지 못하고 내달았다.

"어떻소, 페놀이 나왔소?"

포위당하듯 둘러싸인 정상기가 천천히 입을 열었다.

“예, 페놀이 나옵니다.”

실험실을 들어설 때 보였던 정수계장의 밝은 미소는 순식간에 사라졌다.

“얼마나 나오노?”

“원수에서 0.1PPM, 정수에서도 많이 나옵니다.”

정상기는 정수의 실험결과를 차마 말하지 못했다.

“그러면 어떻게 해야 되겠소?”

소장은 입을 벌린 채 정상기와 이준성의 얼굴을 번갈아가며 바라봤다.

“오전 내내 실험한 결과, 페놀이 더 이상 원수에 유입되지 않습니다. 정수와 원수의 시간차이가 다섯 시간 정도 있으니까, 상황을 좀 더 지켜보고 급수給水 여부與否를 결정하십시오. 또 현재의 처리과정으로도 페놀이 10분의 1로 제거됩니다.”

정상기의 설명에도 소장과 담당관, 계장들은 아무 반응이 없었다. 그저 우두커니 정상기의 얼굴만 쳐다보았다. 이러한 상황이 처음인데다 수질에 관한 전문 지식도 부족하여 정상기의 판단만 믿을 수밖에 없었다.

“밥이나 먹고 합시다.”

정상기를 둘러싼 포위망이 소장의 힘없는 한 마디로 일시에 풀어졌다.

공기마저 한꺼번에 빠져버린 듯 조용한 실험실에서 정상기와 이준성이 비커에 정수인 수돗물을 받아 교대로 마셔본다.

"이 기사는 냄새가 느껴집니까?"

"흠 – 흠, 조금 느껴지는 것도 같고, 이 정도면 문제없을 것 같은데……"

머금었던 수돗물을 뱉어내며 이준성이 고개를 갸우뚱거린다.

"그렇지요, 나도 그렇게 생각이 듭니다."

수돗물이 멈춘다는 생각을 해본 적이 없는 정상기나 이준성, 두 사람 모두 기준치를 초과한 수돗물이지만 정지시킬 생각은 하지 않았다.

오후가 되자 정수계장 마규현의 발걸음이 바빠졌다. 정상기의 뇌리에 맴돌던 막연한 불안감도 텔레비전이나 라디오를 통하여 현실화되어갔다.

"정 기사, 수돗물은 그냥 묵어도 되는 기가?"

"예, 생명에는 지장이 없을 겁니다. 수돗물을 날로 먹는 사람도 없으니까."

정상기는 담담하게 대답했다.

"아 – 참, 이산화염소가 페놀처리에 효력이 있다고 방송에 나온 모양인데, 우리는 천만다행이다."

마규현이 가는 몸매를 고쳐 앉으며 정상기의 눈을 응시했다. 정상기가 의자를 당기며 마규현을 불렀다.

"계장님, 현재까지의 처리상황을 말씀드리겠습니다. 먼저 원수에 페놀이 검출되어 염소 투입을 중지시켰고, 소석회 투입은 약품투입 실험치보다 10% 증가시켰습니다. 그리고 원수의 페놀 수치가 증가하지 않는 것으로 봐서 낙동강에 페놀유입은 더 이상 이루어지지 않는 것 같습니다."

"그러면 단수斷水는 안 해도 되나?"

마규현은 단수를 해버리면 모든 것이 해결된다는 듯이 물었다.

"단수를 하면 많은 시민들이 당장 불편해 질 텐데, 화장실이랑 빨래랑……"

정상기가 단수 결정을 내리지 못하자 마규현이 은근히 재촉한다.

"까짓것 단수 해버리면 페놀에 대한 조치고 뭐고 몽땅 필요 없다 이거다, 내 말은."

마규현의 재촉에도 정상기가 쉽게 마음을 정하지 못하고 상황설명을 계속한다.

"지금 단수를 해도 정수에 포함된 페놀을 제거할 수 없습니다. 다행히 원수에서 페놀이 줄어드니까 이 정도의 수치로는 급수給水해도 큰 문제가 없을 겁니다."

"니 마음은 잘 알겠다만 상황이 어떻게 돌아가는지, 아는 거라고는 토요일 오후에 대구에 페놀이 지나갔다는 것뿐이다."

맑은 물 공급의 일차 책임자인 정수계장 마규현은 불안하고 답답한 심정을 정상기에게 털어놨다.

"낙동강물이 대구에서 여기까지 오는데 하루 반 정도 걸립니다."

"그건 어디서 알았네?"

마규현이 의자에서 소리가 나게 자세를 고쳐 앉으며 얼굴을 앞으로 당겼다. 정상기가 펼친 참고문헌을 내보이며 설명했다.

"낙동강 하구언 댐 공사를 위하여 전문가들이 조사한 보고서에 나옵니다. 삼월 중순의 유속으로 낙동강물이 대구에서 남지까지 하루 반이 소요되는 것으로 기록되어 있습니다."

"그러면 우리 정수장에는 언제쯤 페놀이 들어왔다는 말이고?"

마규현은 잃었던 원기를 회복한 사람같이 말투가 힘찼다.

"대구에서 오후 두 시경이면 월요일 새벽 두 시고, 밤 열 두 시경이면 일요일 자정입니다."

"그러면 우리 정수장에는 열 두 시간 전에 들어왔단 말이네?"

정상기는 설명을 계속했다.

"원수를 쓰는 곳에서는 오늘 밤, 저수조貯水槽가 있는 아파트나 공동주택은 내일 오후부터 수돗물에 페놀이 검출될 것입니다. 모두들 수돗물은 그냥 마시지 않고 끓여 먹으니까 특별한 이상은 느끼지 못 할 겁니다."

마규현은 고개를 조금 숙이며 뜸을 들이드니 일어섰다.

"알것다. 소장님하고 상의해서 처리하도록 내 갔다 올게."

오후 세 시가 되도록 이준성의 보건사회부령 페놀검사는 마무리되지 않았다. 그러나 김정미의 검사결과는 횟수를 거듭할수록 깔끔하게 산출되었다. 김숙영의 잦은 페놀검사로 독일제 간이 비색기는 검사시약이 바닥을 드러냈다. 검사의 오차 관계와 시약구입을 위하여 정상기는 비색기 판매회사에 전화를 걸었다. 판매회사 영업부장은 독일 본사에 연락해서 빠른 시일 내에 답변을 드리겠다고 한다. 김정미가 맡은 공정시험법의 페놀검사가 정확히 산출되므로 정상기는 간이 비색기의 페놀 검사는 중단시켰다. 남은 시약으로 필요할 때에만 검사할 계획이었다.

오후 들어 원수의 페놀수치는 0.1PPM을 넘어가지 않았지만 정수의 페놀 농도는 많이 떨어졌다.

"두 시가 지나면 정수에서도 이산화염소 투입 효과가 나타날 테니까 오늘은 정수의 세균검사를 한 번 더 하도록 하이소."

정상기가 김숙영에게 세균검사를 지시하고 창밖으로 눈길을 돌린다. 하늘을 오가는 뭉게구름이 침전지沈澱池에 빠진 듯 응집 침전되는 부유물질의 움직임이 선명하다. 이런 날 오후 이때쯤이면 커피향기와 웃음소리가 실험실을 가득 채워야 했다.

"출장 간 신 기사는 좋겠다."

김숙영이 안경너머 창밖으로 신길태에 대한 부러움을 쏘아본다. 네 명 모두가 실험에 몰두하면서도 다가오는 알 수 없는 불안감은 숨길

수 없었다.

"정 기사, 내 좀 보자."

마 계장이 바람소리가 나도록 실험실 문을 잡아당기며 들어선다.

"이거 말이다, 도청이랑 상의해서 내린 결정인데, 내가 말한 대로 업무보고 올리고 실험일지에 기록해 놔라."

마 계장은 입가에 웃음을 지우지 못했다.

"우리 정수장은 어차피 대구에서 페놀이 내려와야 조사고 대책이 이루어질 것 아니가?, 그러니까 지금 대구에서 갈팡질팡하고 있으니까 가장 확실하게 토요일 오후를 열 두 시로 계산해서 미리 조치를 다 한 걸로 하면 된다 이거다."

마 계장은 초안한 보고내용을 손가락으로 짚어가며 말을 이어갔다.

"그러니까 대구에서 토요일 오후에 페놀이 발견되었으니까 우리 직원들은 어젯밤 아홉시 뉴스를 보고, 즉시 서로 연락을 취해서 밤 열한 시까지 정수장에 모두 집결했다. 이기다. 그 다음은, 아까 정 기사 니가 현장에 조치한 내용들을 기록하면 우리 정수장은 완벽한기라, 우쩼노, 내 말이 맞제?"

마 계장은 읽었던 보고서 초안을 정상기에게 건네며 기분 좋게 웃었다.

"이거 내일 아침 시장님께 보고하도록 정서 좀 해주라."

기분 좋은 마 계장과 달리 정상기의 마음은 뜨지 않았다.

"그리고 페놀검출사실은 외부에 절대 알리지 마라. 사실 보고서대로 하면 우리 정수장에서는 페놀이 검출되어선 안 되지."

마 계장은 정상기를 바라보며 위로하듯 칭찬을 했다.

"정 기사, 니는 우째 페놀에 염소를 투입하면 안 되고, 대구에서 남지까지 낙동강물 도달시간을 다 알아 냈노? 내도 그렇지만 소장이랑 도청 담당관도 신기해 죽는다."

눈부신 삼월 중순의 태양이 서쪽 산등성이 청원경찰의 경비망루 철조망에 커다란 유리알처럼 걸려있다. 석양의 산그늘이 실험실을 무겁게 덮쳐 누른다. 이준성이 불안을 떨치지 못하고 정상기에게 묻는다.

"이래도 괜찮습니까?"

"어떻게 하겠습니까, 물은 이미 흘러갔는데?"

정상기는 벽시계를 쳐다보고 마지막 실험을 재촉하듯 세 사람의 얼굴을 차례로 응시했다. 실험실 동쪽에 통로처럼 설치된 원수, 침전수, 여과수, 정수의 자동 수질 측정 장치가 철거덕거리며 네 사람의 호흡 소리를 대신한다. 이준성이 지친 표정으로 자리에 앉았다.

"정 기사님 보건사회부령으로 페놀검사는 안되겠습니다. 증류시간이 너무 많이 걸립니다. 오차도 심해 자신이 안 섭니다."

분광광도계의 수정 셀을 정리하며 김정미가 낙동강 원수에서 페놀이 거의 잡히지 않는다고 말한다. 실험실 동편 창밖에는 벌써 초승달이 하얗게 나타났다. 지점별 낙동강 원수 채수를 위하여 출장 간 고용원, 신길태는 여태 돌아오지 않았다.

　퇴근을 한 시간 정도 남겨두고 네 사람은 제자리에 앉았다. 캐비닛으로 담을 친 출입구 옆 구석진 사무공간이다. 각자의 실험결과를 정리하며 모두가 말이 없다. 어둠을 재촉하듯 수질자동측정기의 펌프 소리가 크고 무겁다.

　"정 기사님, 커피 한 잔 탈까요?"

　김정미가 얼굴을 붉히며 분위기를 밝게 하려 했다. 하루에도 몇 번씩 모이는 고압가스버너가 설치된 실험대 창가로 김숙영도 따라간다.

　"신 기사는 퇴근 시간 맞춰 올 거가?"

　정상기는 따뜻한 커피에 짜증을 섞었다.

　"신 기사가 늦게 오더라도 세 사람은 퇴근 하이소."

　정상기의 말에 세 사람은 아무런 반응 없이 찬성의사를 보였다. 여섯 시 십분 전이다. 여섯 시 오 분이면 통근버스가 출발한다. 김숙영이 출입문 쪽을 살피며 가방을 매만진다.　그러다 손을 비빈다.

　"오늘 같은 날은 좀 일찍 오지…"

　정상기의 얼굴이 굳어진다. 그때 시끄러운 소리가 들리며 실험실 문이 열렸다.

　"다녀왔습니다."

　신길태가 채수병이 담긴 플라스틱 상자를 운전기사와 끌고 오며 정상기의 눈길을 피했다.

"오늘, 수고했습니다. 내가 처리 할 테니까, 모두 퇴근 하이소."

내치듯이 정상기가 소리쳤다. 이준성이 섭씨 2℃에 맞춰진 커다란 냉장고에 채수병 상자를 재빨리 밀어 넣는다.

"신 기사도 퇴근해야지요. 어서 준비 하이소."

정상기가 다그쳤다. 엉거주춤하게 비껴 서있던 신길태가 대답한다.

"정 기사요, 내, 내일까지 출장 냈는데……"

정상기는 고개를 떨어뜨리고 눈을 감았다. 신길태는 먹지도 못한 도시락이 든 가방을 겸연쩍게 챙겨든다. 실험실 문이 쾅, 쾅, 쾅 연거푸 소리를 내더니 퇴근버스의 엔진소리가 이층으로 올라온다.

"정 기사요, 미안합니다."

신길태가 주춤거리며 정상기의 눈길 반대편으로 내달린다. 살금살금 자리를 내었다 들였다 하던 석양이 기어이 마음을 송두리째 바꿔버렸다. 정상기는 형광등 스위치를 올리고 오늘 있었던 일들을 차근차근 정리했다. 실험기록일지를 챙겨보고 내일 일어날지 모를 상황들을 그려보면서 대책을 천천히 메모했다. 혼자 남아 조용히 뭔가 할 것 같은 시간이 막상 실현되자 웬일인지 맥이 빠진다. 밝은 불빛 아래서 정상기는 우두커니 시계만 쳐다봤다. 남지에서 정수장을 거쳐 마산으로 가는 빨간색 완행버스는 한 시간마다 지나간다.

2

화요일 아침

화요일 아침, 출근 준비를 하는 정상기와 그의 아내는 늘 그렇듯 바빴다. 맞벌이를 하는 두 사람은 세 살, 여섯 살 두 아이를 유치원과 보모에게 보내야 한다. 전기밥솥이 취사완료를 알리자 정상기가 밥그릇과 주걱을 챙긴다. 출근준비를 다시 확인하고 두 아이를 식탁의자에 앉혔다. 네 사람은 실 같은 김이 솟는 밥을 입 속으로 떠넣는다. 두 숟갈 째의 밥을 삼키려던 정상기가 동작을 멈추고 아내를 쳐다봤다. 아내의 시선도 동시에 정상기의 눈빛과 마주쳤다.

"어, 이상하다. 석이 엄마는 밥이 괜찮소?"

정상기의 질문에 그의 아내도 밥을 씹던 동작을 멈추었다.

"좀, 이상한 것 같은데……"

정상기는 입 속의 밥을 삼키지 못하고 싱크대에 내뱉었다.

"안 되겠다. 밥 버려요, 페놀이야."

정상기는 갑자기 의문이 떠올랐다. 어째서 살짝 문드러진 밥에서 크레졸 냄새가 나는가? 전기밥솥에서 충분히 가열되지 않았는가? 더구나 어제 아침에 정수장에서 보낸 물이 벌써 도착했단 말인가? 정상기는 무언가 앞뒤가 맞지 않다고 느꼈다. 아내는 어젯밤에도 아침밥을 예약취사하고 잠자리에 들었다. 정상기의 아파트는 오백 세대 가까운 큰 규모의 아파트 단지이다. 당연히 수돗물은 저수조에서 하루 이상 모였다가 가정에 급수된다. 그렇다면 낙동강에 페놀이 방류된 시간은 토요일 오후가 아닌 것이다. 정상기는 갑자기 마음이 바빠져서 사무실에 빨리 도착하고 싶었다.

시청 입구에 정차된 통근버스에 오르자 라디오 소리가 정상기의 머리를 세차게 감싼다. 뉴스는 어제보다 훨씬 분명해졌다. 구미공업단지에 있는 선도전자에서 페놀저장탱크의 누수漏水로 인하여 낙동강 지류支流인 옥계천에 페놀이 흘러들었다고 했다. 페놀 방류放流시점時點은 여전히 토요일이었다. 페놀 사건에 대한 뉴스는 쉼없이 보도되었다. 통근버스 출발지인 시청에서 함안군 칠서면 정수장까지는 오십분이 소요된다. 오늘따라 통근버스 운전기사는 느긋하다. 중간 정류소에서 차에 오른 직원들이 힐끔힐끔 정상기를 쳐다봤다. 시내 끝자락인 석전 사거리에서 통근버스를 탄 이준성은 빈자리가 없어 통로에 섰다. 이준성의 머리맡에 붙은 스피커는 쉴 새 없이 낙동강 페놀 오염사건을 외쳤다. 반복되는 라디오 뉴스가 괴로운 듯 이준성이 고개를 돌리며 정상기를 보았다. 특집 아침 뉴스는 정상기와 이준성이 통근 버스에서 내릴 때까지 낙동강 페놀오염사건을 보도했다.

중앙 현관을 들어서는 정상기에게 퇴근하는 컴퓨터실 근무자 김진태가 다가왔다.

"정 기사요, 저번 토요일 저녁에 양치질하는데 정수에서 냄새가 억수로 납디다. 그게 페놀입니까? 옛날에도 그런 냄새가 나도 그리 심하지는 않았는데……."

퇴근버스를 타기 위해 종종걸음으로 내달리는 김진태의 뒷모습이 마치 어떤 무서움을 피해 도망치는 사람 같았다. 그 모습을 보고 이준성이 쓴웃음을 지었다.

"이 기사는 아침밥 잘 먹고 왔습니까?"

정상기가 얼굴을 이준성에게로 돌리며 새삼스레 물었다.

"예, 잘 먹고 왔습니다."

이준성이 실없다는 듯 웃으며 대답했다. 정상기는 이준성의 얼굴을 응시하며 말했다.

"혹시 아침 먹으면서 이상한 점은 발견 못했습니까?"

"뭐 별다른 것은 못 느꼈습니다." 정상기가 자신의 아침밥 이야기를 설명하자 이준성은 알 수 없다는 듯이 고개를 갸우뚱거렸다. 이층 실험실로 가는 계단을 오르는 두 사람은 페놀이 생각보다 일찍 그리고 강하게 내려왔다는 데는 공감하고 있었다.

정상기는 선 채로 이화학사전을 펼쳤다. 페놀의 끓는점은 180도C, 녹는점은 42℃였다.

"이거였구나! 그래서 어제 수돗물의 냄새를 인식하지 못했구나."

정상기가 펼친 이화학사전을 이준성이 허리를 굽혀 따라 본다.

어제와 똑같은 모습과 방법으로 출근한 네 사람은 어제보다 빠르게 움직였다. 각자의 실험복 주머니에 불안감을 채우고 말없이 움직였다. 이준성은 보건사회부령 페놀검사를 시작했고 김정미는 공정시험법에 의한 페놀검사를 , 김숙영은 간이 비색기에 의한 페놀검사와 세균검사를 병행했다. 정상기는 삼백CC 플라스크를 들고 여과지로 향했다. 여과지 서쪽 출입구 근처에 설치된 이산화염소 투입기에서 흘러내리는 이산화염소 용액을 플라스크에 받았다. 정상기는 이산화염소의 증기를 피하기 위해 숨을 참았다. 잽싸게 플라스크의 주둥이를 은박지로 감싸고 여과지를 나섰다. 흔들리는 플라스크 속의 이산화염소 용액이 진한 밤꽃 냄새 보다 더 독한 가스로 정상기의 코를 찌른다.

정상기는 농도별 페놀표준용액을 만들어 이산화염소와의 반응을 실험했다. 이산화염소는 이년 전 정상기가 구입 사용토록 한 살균 소독제이다. 겨울철 액화염소의 동결로 수도전水道栓 잔류殘留염소鹽素 유지가 어려워 비상 시 사용약품으로 구입을 건의한 것이다. 정상기는 이산화염소보다 훨씬 값싸고 화학적으로 안정한 차아염소산 나트륨을 사용할 계획이었으나 차아염소산 나트륨은 수도용 수처리 약품으로 허가되지 않아 값비싼 이산화염소를 선택한 것이다. 그러나 이산화염소는 수돗물의 냄새 제거에는 효과가 있었으나 살균력은 다른 소독제보다 훨씬 약했다.

실험복도 입지 않은 정상기가 플라스크와 비커를 김숙영의 실험대 한쪽에 나열한다. 페놀표준용액에 이산화염소 현장 최대투입량인 5PPM을 투입해도 반응이 없다. 정상기는 고개를 갸우뚱 거리드니 이산화염소 투입농도를 높였다. 10PPM, 20PPM, 그래도 페놀 제거반응은 보이지 않았다. 정상기의 얼굴에 가볍게 미소가 흘렀다. 50PPM의 용액이 피펫에서 플라스크로 쏟아진다. 그래도 페놀 제거 반응은 나타나지 않고 시료는 이산화염소의 색깔과 냄새로 혼탁해 지고 말았다.

"어떤 놈이 이산화염소가 페놀을 제거한다 했노?"

정상기의 큰 목소리에 이준성이 즉각 반응했다.

"잘 안됩니까?"

"제거는 무슨 제거?, 아예 반응도 안 해, 그래도 매스컴에서 제거한다고 하니까 고마운 일이지 뭐."

정상기가 목청을 높이며 웃었다.

김정미가 정상기에게 실험결과를 전하며 얼굴에 홍조를 띠었다.

"원수에서는 페놀이 검출되지 않고 정수에서는 아직 흔적이 남아

있습니다.”

정상기가 김정미에게 수고하였다며 좀 쉬라고 한다.

“이제 페놀은 지나갔습니다. 그런데 후폭풍이 어떻게 나타날지 걱정됩니다.”

정상기는 시민의 불편을 없앤답시고 수돗물 단수 조치를 하지 못한 것이 못내 후회스러웠다. 김정미와 김숙영이 소곤거리며 고압가스 버너가 있는 실험대로 갔다. 실험대 서랍에서 지난주에 먹다 남은 비스킷을 꺼내어 나누어 먹는다. 삼월의 봄기운이 빛살처럼 유리창에 부딪친다.

하나뿐인 실험실 전화기는 쉬지 않고 울렸다. 시청에서, 도청에서, 방송사에서, 신문사에서, 가족들의 안부 전화까지 전화기의 손잡이가 체온으로 데워질 지경이었다. 정상기가 보건사회부령 페놀검사를 하고 있는 이준성의 실험대로 다가갔다.

“이 기사, 아무래도 업무를 조정해야겠습니다. 이 기사가 실험만 하지 말고 현장과 실험실을 총괄 관리하이소. 외부적 사항과 각종 자료 정리 및 보고서 처리는 내가 맡을께”

이준성은 정상기의 제안에 찬성하는 미소를 보였다.

오전 열한시, 대한민국의 모든 방송은 대구페놀유출사건을 보도하고 낙동강 유역의 천만 영남주민들은 눈부신 삼월의 햇볕아래서 놀라 떨어야했다.

떼르륵, 떼르륵, 쉴 새 없는 전화에 정상기는 무거운 표정으로 천천히 손을 내밀었다.

"저− , 박 부장입니다."

독일제 간이 비색기를 판매한 회사의 영업부장이다. 어제 부탁한 페놀검사시약을 직접 가져다주겠다고 하였다. 박 부장은 이산화염소 공장의 영업부장을 겸하고 있었다. 실험실을 들어서는 박 부장은 싱글벙글 하였다. 웃음소리가 곧 터질 것 같았다.

"기분이 좋아 보입니다."

옆 자리에 앉는 박 부장을 보고 정상기가 억지로 웃어보였다.

"정 기사님이나 정수장에는 안됐지만 요즘 같으면 살 맛 납니다."

박 부장은 깔깔거리는 듯한 자신의 웃음을 기어이 터뜨렸다.

"페놀사건 때문에 이산화염소 주문이 넘쳐서 우리 공장이 눈 코 뜰 새가 없습니다."

이산화염소 회사는 조그만 기업으로 공장이 함안에 있었다. 제조기술은 독일에서 수입하였다고 했다.

"매스컴에도 영업을 했습니까?"

정상기가 의심쩍은 눈초리로 물었다.

"회장님이 서울에서 영업하셨는지 그런 건 모르겠고 아무튼 마산 정수장은 우리 이산화염소 쓴 것 잘 한 겁니다. 대구 정수장은 지금 난리 났습니다.”

기분 좋은 박 부장이 묻지도 않은 이야기를 정상기에게 흘렸다.

“대구 정수장이 난리가 났다니? 그게 이산화염소 공장 하고 무슨 상관이 있습니까?”

박 부장은 깔깔거리는 자신의 웃음을 고개를 돌려 웃더니 얼굴을 정상기에게 가까이 했다.

“대구 소장이 말입니다. 이거 정 기사님만 알고 계십시오.”

박 부장은 정상기를 믿는다는 뜻과 함께 이 정도는 알아도 괜찮다는 표정이었다.

“대구 정수장 소장, 그 사람 욕심 많은 사람입니다. 작년에 이산화염소를 쓰기로 해놓고 계약 안하고 올해도 머무적거리다가 결국 이 꼴 났지 뭡니까.”

박 부장은 평소보다 많이 흥분되고 기분이 좋았다.

“그런 사람은 목이 떨어져야 됩니다. 작년에 우리 이산화염소 구입하는 조건으로 독일에 유학 간 자기 딸 유학경비를 매달 보내달라는 것입니다. 한 달에 이백만 원씩……, 그것도 모자라 자기 용돈은 별도로 지급하라 그러기에 공장에서 거절했습니다. 지금은 우리 물건 주라고 난립니다.”

정상기는 박 부장의 이야기가 공무원을 욕하는 것인지 거래를 성사시키지 못한 공장장을 욕하는 것인지 분간할 수 없었다. 정상기가 박 부장을 멍하니 바라보는 사이로 김숙영이 사무공간으로 들어왔다. 박 부장이 자리에 일어나 김숙영에게 아는 체 했다.

"간이 비색기 페놀검사시약은 여기 있습니다. 공장에 있는 여분이라서 대금결재는 필요 없습니다."

그때서야 박 부장이 들고 온 납작한 가방에서 페놀검사시약을 꺼내놓았다. 책상 위의 페놀검사시약상자를 만지며 정상기가 물었다.

"페놀 검사할 때 오차誤差 보정補正은 어떻게 한답디까?"

박 부장은 씨익 웃으며 빠르게 대답하고 일어섰다.

"그 제품은 오차가 심해서 독일에서는 사용하지 않는답니다."

대구에서 유출된 페놀은 방송을 타고 전국적으로 확산되었지만 마산 정수장의 페놀은 오후에 자취를 감추었다.

정상기와 이준성이 내려다보는 실험실 창밖으로 낙동강물이 끊임없이 수돗물로 변해갔다. 침사지沈澱池를 넘어온 낙동강 원수가 약품실을 통과하여 침전지에서 때를 벗고 맑은 모습으로 여과지로 넘어간다. 숨을 쉬면 공기가 코와 입으로 들어가듯이 수돗물도 수도꼭지를 틀면 언제나 흘러나와야 한다고 두 사람은 생각했다.

"커피 한 잔 하시겠습니까?"

이준성이 정상기에게 물었으나 정상기는 입맛을 다시며 쓴 웃음을 지었다.

“분위기가 이러니 커피 생각이 안 납니다. 혼자 드이소.”

이준성이 커피 물을 끓일까 말까하며 망설이는 사이 병리기사 김숙영이 다가왔다. 상기된 얼굴로 정상기 앞에 섰다.

“이거 보십시오.”

김숙영이 기다란 발효관 하나를 보여주며 정상기를 배양기 쪽으로 이끌었다. 배양기 문을 열어 대장균군 실험장치인 발효관 다섯 개를 보여줬다. 두 개의 발효관에는 가스 발생이 확연하게 나타났고 나머지 세 개도 투명하지 못했다. 실험결과는 양성이었다. 수돗물에 대장균 군이 존재한다는 뜻이다. 정상기는 가스가 발생한 발효관 하나를 뽑아들고 유심히 쳐다보고 있었다.

“그러면 수돗물은 어떻게…….”

이준성과 김정미도 정상기를 바라보며 둘러섰다. 세 사람은 정상기의 다음 행동만 기다렸다. 정상기는 웃는지 화가 났는지 알 수 없는 표정으로 돌아섰다.

“페놀에 대장균 군이라…….”

유기물 오염의 대표적 항목인 대장균군은 수돗물에서 검출되어서는 안 된다. 수돗물 기준에도 당연히 불검출이다. 정상기는 책상이 놓인 사무공간에서 잠시 머뭇거렸다.

“이 기사, 염소실에 가서 염소 투입하라고 지시하고 아무에게도 알리지 말라고 하이소.”

정상기는 실험복을 입은 채로 사무실로 갔다. 조용히 마규현을 불렀다. 정상기의 예사롭지 않은 표정에 마규현이 정색을 하며 일어선다. 두 사람은 실험실 입구 완충 공간의 벽에 붙어 섰다.

"계장님, 수돗물에서 대장균 군이 나옵니다."

"어이, 그게 무슨 말이고?"

마규현은 다음 말을 잇지 못했다.

"너무 걱정 마십시오. 당장 무슨 일이야 생기겠습니까?"

정상기는 모든 것을 포기한 사람처럼 이외로 차분했다.

"염소 대신 투입한 이산화염소가 생각보다 너무 효력이 없습니다. 이산화염소는 넣는 흉내만 내고 염소를 투입하겠습니다."

"그렇게 해도 되겠나? 그래도 이산화염소는 넣어라, 그래야 외부에 할 말이 있지."

마규현은 불안한 마음을 감추지 못했다.

"알겠습니다. 당분간 장부 기록은 이산화염소 투입으로 하고 실제로는 염소투입을 하겠습니다."

"그래 서류 잘 맞춰라. 특히 오늘 일은 기록하지 마라."

"소장님한테 보고는 알아서 하십시오."

마규현은 입을 굳게 다물고 누가 눈치라도 챌까 봐 앞만 보고 사무실로 내달렸다.

예년보다 강수량이 많은 삼월의 낙동강은 맑았다. 속을 알 수 없는 낙동강 물을 수돗물로 만드는 정수장의 침전수는 비 온 뒤의 하늘보다 더 파랬다. 눈에 보이지도 않는 페놀이 토요일 오후에 유출되었든 오전에 유출되었든 낙동강은 변함없이 바다를 향해 흘러갔다.

마산 정수장의 페놀수질 오염대책은 순조롭게 진행되었다. 토요일 오후 대구에서 유출된 페놀이 취수장取水場이 있는 남지지역까지 도착하는 낙동강의 흐름은 하루 반이 걸리므로 마산 정수장에서는 월요일 오전까지 즉각 조치를 취하여 깨끗한 수돗물 공급에는 이상이 없다고 하였다.

페놀의 끓는점은 180℃이고 녹는점이 42℃이며 물을 조금 품고 있으면 녹는점이 훨씬 내려간다는 기본적이고 중요한 사항은 아무도 부각시키지 않았다.

여과지로 넘어가는 침전수가 세차게 물보라를 일으킨다. 실험실 서편 유리창으로 햇빛이 피할 수 없이 한껏 들어온다. 정상기는 매직펜으로 '페놀 수질 대책 상황실'을 그리듯 천천히 썼다. 지금부터 실험실 근무는 24시간 수질감시 비상근무체제이다. 근무자는 모두 다섯 명으로 8급 하나, 9급 둘, 고용원 하나에 임시 계약직 한명이다.

실험실 책임자 정상기는 보건직 8급이며 대학 공업화학과를 졸업했다. 마흔 살에 백칠십 센티가 안 되는 키에 다혈질이다. 공무원 경력은 십년차이며 근무형태는 성실함보다 창의적인 면이 돋보였다. 잘못된

학과선택으로 방황하였다고 했지만 정수장 발령 때에는 실험실 근무를 자청하였다. 즐거운 마음으로 수질개선에 최선을 다하고 있었다.

"실험실에서 돈 만질 일도 없을 것이고 이런 곳에서 배우면서 근무하는 것도 복입니다."

정상기는 인생에 있어 일이 먼저고 돈이 그 다음이라고 했다.

"돈, 그거- 만지면 만질수록 냄새나는 겁니다. 다- 알지요?"

정상기는 종종 예전 근무지인 보건소 경리업무 경험을 이야기하면서 돈은 언제나 일 다음이라고 했다.

몸을 조금 뒤로 젖혀 가볍게 미소를 지으며 정상기의 이야기를 듣고 있는 이준성은 화공직 9급이다. 마산에서 공고를 졸업하고 공무원시험에 합격하여 이곳이 첫 근무지이다. 성격은 차분하며 정상기보다 일곱 살 아래다. 직원 대부분이 특별 채용되었던 이곳에서 공개 채용된 총각 9급은 인기가 좋았다.

"정 기사, 우리 막내 처제가 있는데 이 기사랑 다리 좀 놓아주게. 응"

관리계 차석이 은근히 정상기에게 부탁을 했다. 혼기가 찬 딸을 둔 보수계장은 한술 더 떴다.

"정 기사, 이 기사 데리고 우리 집에 놀러 와, 언제라도 좋으니까."

그러던 이준성의 치솟던 인기의 불똥이 정상기에게 떨어졌다. 하루는 정상기가 출근하자 실험실에서 기다리는 사람이 있었다. 취수장 청원경찰 반장 이희강이었다. 이희강은 거만하게 인사를 했다. 그 옆에는 이준성이도 있었다. 정상기가 눈을 크게 뜨며 두 사람을 번갈아 봤다.

"제가 정 기사에게까지 이런 말 안 하려고 했는데, 이준성이 소장실 아가씨와 만나지 못하게 하십시오."

이희강의 언행에 정상기의 얼굴이 조금 굳어졌다.

"그게 무슨 이야기 입니까?"

정상기는 그때서야 소장 부속실 정해금과 이준성이 연애하는 것을 알았다.

"내가 해금이 이종 사촌 오빠 되는데, 내 앞길도 있고 하니 두 사람 만나는 것을 중지하라고 이렇게 왔습니다."

"두 사람 좋으면 됐지, 이 반장이 왜 간섭합니까?"

정상기의 목소리가 커졌다. 이희강은 정수장 아파트에 살림을 하면서 그의 아내가 소장 사택 일을 돌봐 준다고 하였다. 아내의 내조 덕에 이희강이 고용원으로 특별 채용될 것이라는 소문을 정상기도 들었다.

"내가 소장님에게도 해금이의 결혼 반대의사를 전달했습니다."

이희강이 몸을 뒤로 젖히며 의자 아래로 두 발을 길게 뻗었다.

"아-니, 지금 이반장이 날 협박하는 겁니까?"

정상기의 목소리가 높아졌다. 이희강은 두 사람의 결혼 문제로 시끄러워지면 소장이 고용원 채용을 안 해줄까 봐 걱정하고 있었다. 정상기의 고함소리에 이희강이 흠칫하며 몸을 앞으로 당겼다.

"사적인 일을 가지고 아침부터 누구한테 이래라 저래라 하는 거요?"

정상기는 한 대 쥐어박을 기세로 이희강을 노려봤다. 이희강은 그때서야 정수장에서 자신의 위치를 깨달은 듯 일어서 고개를 숙였다.

그 해 겨울 크리스마스 종소리의 여운이 사라지지도 않은 연말에 이준성과 정해금은 결혼식을 올렸다.

퇴근을 준비하는 사무실 직원들의 목소리가 실험실까지 들려온다. 네 사람은 말이 없다. 남자들은 24시간씩 교대로 근무하고 여자들은 밤 10시에 퇴근한다. 숙식과 출퇴근에 대한 언급은 없다. 샘플링 펌프가 주기적으로 기계음을 내며 낙동강 물을 보내는 태백산의 한기를 뿜어낸다.

침묵을 견딜 수 없었는지 김정미가 신길태의 빈자리를 눈으로 가리키며 농담을 한다.

"이번 달에 신 기사 월급 다 나옵니까?"

김정미는 보건직 9급이다. 수질기사 자격기준으로 채용되었다. 미혼이며 야위고 키가 크다. 대학 졸업식도 하기 전에 발령을 받고 실험실로 출근하였다. 자주 발생하는 얼굴의 홍조는 감정의 변화와 관계는 없으나 간혹 오해를 불러일으킨다고 하였다. 성격은 차분하며 결혼할 사람이 있다고 했다.

바깥의 웅성거리는 소리가 아까보다 더 크게 들려왔다. 정상기가 낮은 목소리로 말했다.

"오늘은 내가 근무할 테니까 모두 퇴근하이소."

마주앉은 시선은 서로 빗나가고 있었다. 얼굴을 붉히며 김정미가 먼저 일어선다.

김정미를 따라 일어서는 김숙영은 계약직 병리기사다. 미혼이며 안경을 썼다. 김정미 보다 한 살 아래며 수줍은 듯한 표정이나 성격은 다소 강하다.

이준성이 신길태의 의자를 밀치고 나서며 정상기에게 인사한다. 정상기도 일어섰다. 동료들이 떠난 네 개의 빈 의자에 갑자기 어둠이 찾아든다.

신길태는 고용원이다. 마흔 살이며 정상기와 동갑내기이다. 이태 전 겨울, 위생업소 야간 합동 단속으로 전 직원이 동원되었을 때 담당관이 정상기에게 신길태의 근무를 부탁했다.

"그래도 대학까지 나온 놈을 현장에 둘 수 있겠나, 정 기사가 좀 데리고 있어라. 신길태 아버님도 공무원이셨다."

그 해 말 신길태는 양복을 말쑥하게 차려입고 나쁘지 않은 용모로 실험실에 들어왔다. 복잡한 사무 공간 입구 의자에 앉아있던 그때의 모습을 정상기는 지금도 생생하게 기억한다. 일층 현관 앞에서 부르릉거리던 통근 버스가 직원들을 싣고 사라진다.

　실험보조요원으로 근무하는 신길태의 가정생활은 복잡했다. 툭하면 결근을 했고 결근하면 한 이틀 연장되는 것은 예사였다. 개인생활을 꼬치꼬치 물어볼 수도 없고 그렇다고 무슨 도움을 줄 수 있는 형편도 아니라, 정상기는 신길태를 바라보면 복잡한 심정이었다. 이번에도 이런 바쁜 상황에 결근을 만들고 있었다.

　통근 버스가 사라진 현관 길 너머의 침전지沈澱池가 출렁이는 거울 같다. 정상기는 창가에서 몸을 돌렸다. 소장실과 사무실 출입문이 이를 악문 듯 닫혀있고 이층 복도는 어둡고 고요했다. 일층으로 내려가는 계단의 중간 꺾어진 부분의 공중전화에 발을 맞추어 섰다. 며칠만 고생하면 된다고 정상기는 아내에게 걱정하지 말라며 큰소리로 약속했다. 텅 빈 사무공간의 벽 뒤편에서 낮에 리듬감 있게 들리던 수질자동측정계기의 펌프소리가 끊임없이 귀를 자극한다.

3

2차 페놀 유출 사건

페놀 수질 대책 상황실은 밤낮이 따로 없었다. 신문기자들은 24시간 상황을 지켜보고 방송사들은 앞 다투어 현장을 취재하였다. 대한민국의 모든 매스컴이 페놀 수질 대책 상황실을 쏘아보고 있었다. 출퇴근의 구분이 사라진 비상근무에 실험실 직원들은 잠이 오면 실험복을 이불 삼아 아무렇게나 몸을 뉘였다. 나이 많은 정상기는 밤을 지새우면 새벽녘에 몸이 의자와 함께 아래로 꺼지는 듯 하다면서 힘들어 하였다.

실험실 유리창을 두드리는 봄비에 낙동강은 푸르고 선도전자의 모기업母企業인 선도그룹을 규탄하는 데모 소리는 높아만 갔다. 삼월 하순의 양지 바른 곳에 일찍 핀 벚꽃이 어린아이의 미소 같은 토요일 오전, 선도그룹 부회장 강성호가 마산시장을 찾았다. 강성호 부회장은 넥타이 차림에 검은색 점퍼를 걸쳤다. 잘 다듬어진 머리에 키가 컸다.

약속된 만남이었으며 시장은 시장실에 혼자 있었다. 오른 쪽으로 팔을 받쳐 기대어 앉은 시장은 강 부회장이 들어오기를 기다렸다.

"생각보다 일찍 오십니다. 앉으십시오."

시장은 엉거주춤한 자세로 손을 내밀었다. 두 사람은 악수를 하고 강성호는 시장 오른편 첫 의자에 앉았다.

"이번에 저희 회사 때문에 염려를 끼쳐 죄송스럽습니다. 회장님을 대신해서 사과드리겠습니다."

강성호 선도그룹 부회장의 사과인사에 마산시장은 호방하게 웃으며 대답했다.

"우리 직원들이 잘 하고 있으니, 나야 뭐 괜찮습니다."

부속실 아가씨가 차를 내어온다. 찻잔을 받쳐 들며 강성호가 몸을 기울여 시장의 얼굴과 가까이 했다.

"회장님께서 보내신 선물입니다."

강성호는 일억이 찍힌 통장 한 개와 도장을 시장에게 건넸다. 시장이 통장을 펼쳐보는 사이 강성호는 나지막이 말했다.

"시장님 선물은 현금으로 따로 준비했습니다."

시장은 통장을 덮고 잠시 말이 없었다.

"같은 액수요?"

강성호는 "예―"하고 부드럽게 대답했다. 시장이 강성호를 응시하며 다시 물었다.

“도청은?”

강성호가 입을 굳게 다물며 몸을 세웠다.

“걱정하지 마십시오.”

시장은 짧은 기침을 하고 자세를 고쳤다. 부속실 아가씨를 부르며 담배 한 개비를 꺼내 손톱에 두드렸다.

“상하수국장 하고 수도과장, 불러라.”

호출된 두 사람은 시장의 소개로 강성호와 인사하고 선도그룹 부회장 명함을 받았다.

“이거, 이쪽에서 가져온 거요.”

시장이 상하수국장에게 통장과 도장을 건넸다. 일일이 설명하지 않아도 네 사람은 서로의 의중을 읽고 있었다. 국장이 수도과장에게 펼쳐진 통장을 보여준다.

“시민단체는 얼마나 주면 되겠소?”

시장이 담배연기를 옆으로 내뿜으며 국장에게 묻는다. 국장은 안경을 만지며 수도과장을 바라본다. 수도과장이 몸을 앞으로 당기며 나섰다.

“제가 만나보겠습니다. 요즘 시민단체에서 노인 점심주기 사업을 한다고 하니까, 아마 돈이 필요할 겁니다. 그 명분으로 삼천만원정도 지원하면 어떨까? 생각합니다.”

“그건 두 사람이 알아서 처리하십시오.”

체격이 좋은 상하수국장이 시장과 수도과장을 번갈아 보며 눈치를 살폈다.

"정수장은 어떻게 하면 좋겠습니까?"

시장이 무엇에 놀란 듯 다리를 몸 쪽으로 세우며 상체를 앞으로 내밀었다.

"그기는……."

키가 작은 수도과장이 의자 끝에 몸을 붙이며 빠르게 설명한다.

"정수장까지 필요 없습니다. 정수장에서 고생하는 데는 실험실뿐입니다. 그 중에서도 정상기 혼자 북 치고 장구 치고 다 합니다. 제가 근무해 봐서 잘 압니다. 알아서 적당히 하겠습니다."

상하수국장은 놀라운 듯 수도과장을 쳐다보고 시장은 두 눈을 지그시 오므리며 수도과장을 바라봤다.

"그래, 수도과장이 잘 처리하시오."

토요일은 오전근무다. 수정만 횟집으로 점심을 먹으려 가기 위해 네 사람은 일어섰다. 엘리베이터를 기다리는 발아래 창밖으로 돝섬이 누워있고 바닷물이 시원하게 다가왔다.

삼월과 사월이 교대하는 날 저녁, 형광등 불빛 속 벚꽃의 아름다움에 입이 저절로 벌어진다. 봄꽃 속에서 새롭게 탄생한 시의회 의원들은 의회가 개원하자 낙동강 페놀유출사건에 이목을 집중시켰다. 페놀

대책특별위원회를 구성하여 정수장을 제 집 드나들듯 하였다. 의원들은 일요일 토요일 구분도 없었다.

사월 첫 일요일에는 시의원 한 명이 실험실 직원들이 과연 페놀검사를 할 수 있는지 확인한다며 실험을 요구했다. 시의원은 안경을 쓴 조그만 체구였으며 자신이 대단한 힘을 가진 사람인 것처럼 거만했다. 예정에 없이 호출된 실험실 직원들은 정상기의 지시대로 페놀검사를 실시했다. 이준성은 보건사회부령으로 김정미는 공정시험법에 의한 페놀실험을 실시했다. 김정미가 먼저 실험을 끝냈다. 한 시간 넘게 말이 없던 시의원이 물었다.

"이게 무슨 기계입니까?"

"우리말로 광전분광 광도계라고 하며 빛의 파장에 따라 반응하는 물질을 알아내는 기계입니다. 일반적으로 영어표기의 약자인 UV(유브이)기라고 부릅니다."

정상기가 열심히 설명해도 시의원이 쉽게 이해하는 눈치는 아니었다. 실험현장을 확인한 시의원과 소장, 정상기가 소장실 응접의자에 다시 앉았다.

"아까 실험실에서 말한 유-브이 인가 하는 걸로 페놀검사를 해도 보건사회부령으로 검사하는 것과 같은 결과가 나옵니까?"

시의원이 소장과 정상기를 힐끔거리며 물었다.

"보건사회부령이나 공정시험법이나 최종적으로 UV기를 사용합니다. 다만 실험과정이 다를 뿐입니다.”

대답하는 정상기의 얼굴을 쳐다보며 시의원이 다시 물었다.

“보건사회부령으로 페놀검사를 하면 5~6시간이 걸린다고 하덴데…….”

정상기가 입천장에 붙은 혀가 떨어지지 않는지 말을 조금 더듬었다.

“그–건, 검량선檢量線 작성과 같은 기본적인 사항까지 모두 실험할 때 그렇습니다.”

“그래도 페놀검사는 5~6시간이 걸린다고 하던데?”

시의원은 자신이 준비한 정보를 주장하며 실험실 직원들을 공격하고 싶었으나 실험에 대한 지식이 부족했다. 그러나 정상기를 비롯한 실험실 직원들의 행동에 대하여 믿음은 보였다.

시장과 함께 점심을 먹은 지난 토요일 이후 수도과장은 마음이 바빴다. 그래도 얼굴에는 벚꽃 같은 미소가 자주 피었다. 오늘도 4층 회의실에서 페놀대책회의가 열린다. 시의회 페놀대책 특별위원회와 마산, 창원, 진해 14개 시민단체연합 대표들이 참가한다. 시민단체연합의 핵심인물은 YWCA 간사인 성현주이다.

그들이 요구하는 대책사항은 책임자 처벌과 수도료 한 달간 면제이다. 그리고 선도전자의 모회사인 선도그룹 생산제품 불매운동이었다. 막상 행동으로 옮기려하지만 시민들의 수도료 한 달분 감면은 괜한 트

집 같고, 책임자 처벌은 뚜렷한 증거도 없다. 선도그룹 생산제품 불매운동은 시청에서 외칠 사항도 아니다.

페놀특위의원 4명과 시민단체연합대표 5명이 커다란 회의실에 마주 앉았지만 손에 잡히는 페놀오염 투쟁대책은 없다. 성현주는 안경 속에서 시선을 자주 창밖으로 보냈다. 빈 공간이 삭막한 회의실 뒤편으로 키가 작은 수도과장이 소리 없이 성현주에게 다가왔다.

"마치고 시장님 실에 들렀다가 가시오."

성현주는 스스로 하나님과 결혼하였다는 천주교 신자이다. 마흔 중반의 나이에 다소 색이 짙은 안경을 썼다.

"앉으시오."

수도과장과 함께 들어온 성현주에게 시장이 자리를 권한다.

"무슨 일로 바쁜 사람을 오라 가라 합니까?"

성현주의 목소리가 낮으면서 날카롭다.

"요즈음 좋은 일 한다기에 독지가 한 분 소개시켜 드리려고 불렀어요."

응접탁자에 선도그룹 부회장 강성호의 명함이 놓여있었다. 시장은 왼손으로 명함을 세워 탁자유리판에 가볍게 두드렸다.

"서울에 사는 한 독지가가 노인복지사업에 쓰라고 돈을 맡겨두고 가길래 독거노인 점심주기사업에 지원하면 좋겠구나 생각되어 오늘 보자고 한 거요."

"얼마나 되는 돈이에요?"

성현주의 물음에 수도과장이 재빨리 대답했다.

"삼천만원입니다."

성현주의 눈빛이 안경너머 수도과장에게로 번쩍였다.

"그 사람이 누구입니까?"

표정의 변화 없이 성현주가 두 손을 탁자 위에 올리며 시장을 본다. 시장은 강성호의 명함을 세워 유리판에 문지르고 있었다.

"차차 알게 될 거요."

"성의는 고마운데 내가 받기에는 너무 큰돈입니다. 차라리 이번 주일 우리 성당에 헌금을 하십시오."

성현주의 제안에 수도과장이 황급히 나섰다.

"우리도 지출근거가 필요하니까 주일 헌금은 곤란하고 그 쪽 사무실 통장으로 넣겠습니다."

마산시장의 재촉하는 눈빛을 받으며 성현주는 거절도 승낙도 하지 않았다.

벚꽃을 활짝 터뜨리게 한 봄기운은 하루가 다르게 상승하였다. 제철 만난 메뚜기마냥 시의회 페놀대책특별위원회 의원들은 공사의 구분이 없었다. 정수장 실험실 직원들에 대한 특위의원들의 추궁은 집요했다. 과연 마산시에서 취한 페놀비상조치가 사실인지 담당자를 정하여 끈

질기게 파고들었다. 특위위원장은 정상기를, 다음 사람은 이준성을, 또 한 사람은 김정미와 김숙영을 밤낮 없이 전화하고 확인하며 또 회유했다.

사월 두 번째 일요일 늦은 아침, 화장실에서 일을 보던 정상기가 페놀특위위원장의 전화를 받고 이준성과 함께 정수장까지 불려나왔다.

"정 기사, 우리 인간적으로 이야기 좀 하자."

페놀특위위원장은 정상기를 이제 스스럼없이 대했다. 대학 화학과를 나와 입시 학원 강의도 하였다는 특위위원장은 자신의 모습을 주저 없이 드러냈다. 정상기는 실험대에 엉덩이를 걸치고 고개를 위아래로 흔들고 있었다. 이준성은 굳은 얼굴에 말이 없다. 특위위원장이 무슨 말을 하여도 정상기는 반응하지 않으려고 초점을 이리저리 움직였다.

"그리고 말이다. 페놀특별위원회라고 간판 걸어놓고 지금 보름이 다 되어 가는데 뭣이 있어야 될 거 아이가?"

이마가 조금 벗겨진 특위위원장은 정상기에게 애원을 했다. 페놀조치사항을 잘못 말하면 모든 책임은 정상기와 실험실 동료들에게 넘어온다. 그러나 페놀조치사항을 입증할 근거는 조작된 약품수불부와 실험기록일지 같은 서류뿐이다. 페놀에 오염된 수돗물은 벌써 흔적 없이 지나갔다.

"요새 누가 수돗물 묵는다 쿠데, 솔직히 내도 생수 먹고 있다."

특위위원장은 답답한 심정을 털어내고 있었다. 정상기는 혼란스러웠다. 말을 안 해도 시간이 지나면 거짓은 들통이 날 것이다. 그렇다고 사실대로 말하기도 망설여졌다. 특위위원장이 내뱉은 솔직히 나도 생수 먹고 있다는 말에 정상기가 실험대에서 엉덩이를 떼었다.

"생수를 먹으면서 어떻게 수돗물에 페놀이 들어있는 줄 알았습니까?"

"그거야 다— 자료가 내려온다."

특위위원장은 사실을 숨기지 않았다.

"페놀사건에 대한 자료는 중앙에서 보내준다."

정상기는 위원장의 발언이 이외로 진실하다고 느꼈다.

"서울에서 말입니까?"

"뭐— 그런 단체 안 있나, 좀 비판적인 단체 말이다."

특위위원장도 마음이 홀가분한지 정상기를 바라보며 편안한 얼굴을 보였다.

"그날 밤 조치사항은 모두 종이로만 실시되었습니다."

정상기는 기어이 사실대로 말하고 말았다.

"고맙다, 정 기사 니한테 피해 없도록 할게"

어깨 위의 무거운 짐을 한꺼번에 내려놓고 몸의 균형을 잡지 못해 흔들거리는 모습으로 정상기는 캐비닛에 둘러싸인 좁은 사무공간으로 걸어갔다.

페놀유출사건을 규탄하는 아우성이 사라질 무렵 또 다시 구미의 선도전자에서 페놀이 유출된다고 보도되었다. 유출 이유는 페놀 저장탱크 수리와 선도전자가 독점 생산하는 제품이 중단되면 국가경제에 막대한 손실이 따른다는 것이다. 낙동강가의 천만 주민들은 또 다시 아우성을 쳤다.

"이 기사, 나라가 이래도 되는 것입니까? 아무리 선도전자가 독점하는 제품을 생산하드라도 나는 도무지 이해 할 수 없습니다."

정상기가 흥분하자 이준성도 얼굴을 붉히며 대답한다.

"서울 사람들은 낙동강 물 안 묵는다 이거지요."

정상기는 흥분을 가라앉히지 못했다.

"낙동강이 하수처리장입니까? 저장탱크가 하나만 있으란 법도 없고, 여의치 않으면 희석하는 방법도 있을 텐데, 이렇게 공개적으로 말하는 것은 우리 선도전자는 높은 데하고 모두 이야기 됐으니까 걱정 없다 이말 아닙니까?"

"그렇지 예, 국가 자체가 환경에 대한 개념정의가 없습니다."

말하는 것보다 듣는 편이 많은 이준성이 오늘은 정상기의 말에 빠르게 반응한다. 정상기나 이준성이 하류에서 아우성을 쳐봐야 상류에 위치한 선도전자의 페놀방류는 막을 수 없었다.

선도전자가 두 번째 쏟아낸 페놀은 수돗물 기준치를 벗어나지 않게 계산된 배출량이었다. 페놀방류통보를 받은 정상기와 실험실 직원들

은 익숙하게 대처했다. 예측한 페놀오염수치는 거짓말처럼 정확하게
나타났다.

〈정수 0.003PPM 검출, 한 나절 후 0.002PPM 검출 그리고
0.001PPM에서 흔적과 검출되지 않음〉

두 번의 페놀유출사건으로 정수장에는 방문객이 줄을 이었다. 수질
관련 단체 및 기관, 신문방송기자 그리고 견학을 원하는 사람들이 찾
아왔다. 실험실은 견학장소이며 또한 방문객에 대한 안내 센터였다.
오늘은 도지사가 방문할 예정이었다. 정상기와 동료들은 실험실을
청소하고 도착시간에 맞춰 출입구에 일렬로 섰다. 녹색이 칠해진 실
험실 바닥은 기분 좋게 빛났다. 예상되는 질문과 답변을 서로 확인하
면서 도지사 일행을 기다렸다. 그때 카메라를 멘 젊은이들이 들이닥쳤
다.
"온다, 모두들 준비 하이소."
정상기가 앞으로 나아가며 나지막이 말했다.
"저희들은 창원방송국에서 왔습니다. 이 분은 PD이고 저는 촬영기
자입니다."
도지사를 맞이하기 위해 거울처럼 닦아놓은 출입구 바닥에 허연 발
자국이 찍혔다. 정상기는 기분이 상해 미간이 좁혀졌다.

"빨리 촬영하고 지사님 오시기 전에 자리를 비켜주십시오."

촬영 승낙을 받은 방송국 직원들은 카메라를 메고 실험실을 한 바퀴 돌았다. 그리고 사무공간의 책상과 의자에 앉아 잡담을 나누었다. 두 명의 방송국 직원은 서른 전후의 젊은이들이었다. 도지사는 예정시간보다 늦었다. 출입구에서 기다리던 정상기는 서류가 놓인 사무공간에 앉아있는 방송국 직원들이 자꾸만 눈에 거슬렸다. 이준성이 정상기에게 불안한 눈빛을 보냈다.

"저- PD인가 하는 아저씨들, 촬영 끝났으면 밖에 나갔다 지사님 올 때 같이 오십시오."

정상기가 방송국 직원들에게 나가줄 것을 요구했다. 방송국 직원들은 이외라는 듯 정상기를 쳐다봤다.

"저희들은 늘 이렇게 합니다. 도지사 현장 방문 촬영을 한 두 번 하는 것도 아니고……."

정상기는 큰 목소리로 똑 부러지게 나가라고 말했다.

"그래도 나갔다 오세요. 우리도 우리 나름의 규칙이 있습니다."

정상기의 완강한 태도에 방송국 직원들은 마지못해 일어섰다. 그 중 한 명이 출입문을 나서며 정상기에게 욕지거리를 해댔다. 정상기는 입술을 굳게 다물고 창밖으로 고개를 돌렸다. 정상기의 표정을 살피며 신길태가 한마디 거들었다.

"정 기사요, 잘 했습니다. 그 사람들 호주머니에 녹음기 숨겨 다니는 것 알지 예?”

신길태의 걸쭉한 입담에도 직원들의 반응은 나타나지 않고 녹색 바닥 위로 샘플링펌프의 숨소리만 거칠게 뿜어진다.

도지사의 입장이 이루어지자 이층 실험실 복도까지 인파로 넘쳤다. 실험실 직원들에게 그렇게 멀고 높게 여겨졌던 상하수국장도 먼발치에서 눈만 껌벅이고 있었다. 도지사는 캐비닛으로 싸인 좁은 사무공간에서 실험실 직원들과 일일이 악수했다. 잉크자국이 시커멓게 묻은 손을 내민 정상기가 얼른 실험복에 손을 닦는다. 잉크자국은 지워지지 않았다. 도지사에게 손을 잡힌 정상기가 얼굴을 붉히며 고개를 숙였다.

실험대 끝 싱크대에 흘러내리는 수돗물을 마시기 위해 시장이 몇 번이나 도지사의 눈길과 사진 플래시에 보조를 맞추려 한다. 삼백CC 비커에 도지사가 수돗물을 받으려하자 시장이 얼른 비커를 입에 댄다.

“아, 수돗물 맛 좋네!”

주위에 둘러선 플래시가 일제히 터졌다. 정상기와 이준성은 고개를 돌렸다. 플래시가 꺼지자 시장의 입 속으로 들어갔던 수돗물이 싱크대에 다시 쏟아졌다.

도지사는 정수 한 잔을 마시고 실험실을 떠났다. 실험실 직원들에게 보냈던 그윽한 눈빛은 이십만 원의 금일봉으로 나타났고 직원들은 한결 마음이 가벼워졌다.

시의회와 시민단체가 경쟁적으로 나섰던 페놀사건의 실적경쟁은 페놀사건 발생시 존재하지 않았다는 이유로 시의회는 물러섰다. 그리하여 마산정수장은 시민단체의 성토장이 되었다. 국회에서는 페놀유출사건의 진상을 따졌고 검찰청에서도 대구시 정수장 직원들의 잘잘못을 조사했다. 마산 정수장 실험실 직원들도 변화하는 외부상황에 촉각을 곤두세웠다.

평소 현실에 비판적이던 정상기도 차츰 시민단체의 행동을 경계하기 시작했다. 수질에 관한 전문지식도 없는 시민단체회원들은 실험실 직원을 마치 죄인이라도 된 듯 행동했다. 그날은 실험기록일지에 대한 복사 문제로 다툼이 생겼다.

"이거 저희들이 가져 갈 테니 그렇게 아세요."

무슨 지시를 받은 것처럼 시민단체회원들은 실험기록일지에 집착했다. 몰려든 시민단체회원들은 모두가 여자였다.

"그건 안 돼요."

정상기가 막아섰다. 실험기록일지는 실험실에서 일어난 모든 일을 기록할 수 있도록 고안된 비공식 장부였다. 여러 가지 필요한 양식을 한데 모은 팔 절지 크기이다.

"안 되긴 왜 안 돼요. 무슨 비밀이라도 적혀있어요?"

실험기록일지를 움켜 쥔 시민단체회원이 눈을 부라리며 나섰다.

"이 실험일지는 법적인 장부도 아니고 우리가 참고하기 위해서 만든 거예요.”

정상기의 설명에 얼굴이 둥글고 검은 시민단체의 대표자인 여자가 나섰다.

“그래도 우리가 필요하면 가져 갈 수 있는 거예요.”

정상기가 실험기록일지를 빼앗아 책상 안쪽으로 던졌다.

“못 가져가요.”

“당신이 뭔데 가져가라 못 가져가라 해요. 소장한테 얘기해서 가져 가겠어요.”

시민단체 대표의 목소리가 앙칼졌다. 정상기가 화를 냈다.

“이 사람들이 도대체 뭐 하는 사람들이야? 시민들을 위해서 수질개 선에는 관심이 없고 남의 집에 와서 업무나 방해하고 있어, 그래 당신 들 하고 싶은 대로 해 봐라.”

정상기의 고함에 시민단체회원들이 한꺼번에 소장실로 몰려갔다. 그리고 소장을 앞세우고 실험실로 돌아왔다. 정상기가 소장에게 먼저 입을 열었다.

“이 실험일지는 날마다 기록해야함은 물론이고 우리가 필요해서 참 고적으로 만든 장부입니다. 공식적인 서류가 아닙니다.”

소장은 눈을 껌벅 거리며 한동안 정상기를 바라봤다.

“그러면 어쩌면 좋겠소?”

“어쨌든 외부로 유출할 수 없습니다.”

정상기의 태도는 단호했다. 소장 뒤에서 상황을 주시하던 시민단체 회원들은 말이 없었다.

"좀 더 생각해 봅시다."

타협점을 찾기 위해서 소장은 한발 물러섰다. 한참을 지나 시민단체 회원들과 소장이 실험실로 다시 왔다.

"정 기사, 내 체면을 봐서라도 필요한 부분을 복사할 수 없겠소?"

소장이 중재안을 내밀었다.

"꼭 필요한 부분은 복사해 주겠지만 이후로 이런 일은 승낙할 수 없으니 그렇게 아십시오."

정상기는 분풀이라도 하듯 시민단체회원들을 쭉 훑어봤다. 실험기록일지를 복사한 팔 절지 한 장을 들고 우르르 실험실 문을 빠져나가는 시민단체회원들을 바라보며 이준성이 중얼거렸다.

"저 여자들 결혼은 했을까?"

수돗물의 페놀은 사라졌지만 낙동강 수질개선대책은 급격히 달아올랐다. 마산정수장 실험실도 개선의 예외가 아니었다.

"우리는 어떻게 되는 겁니까?"

이준성이 정상기에게 불안한 마음을 내비쳤다.

"혹시 고생했다고 진급시켜 줄지 압니까? 기다려 봅시다."

불안하기는 정상기도 마찬가지였다.

"그래 맞습니다. 이럴 때는 커피나 한 잔 하면서 마음을 달래야 됩니다."

진급이 필요 없는 고용원 신길태가 농담을 하며 고압가스버너가 서 있는 실험대 창가로 향한다.

"올 여름에는 큰 병에다 냉커피 만들어 놓고 먹읍시다. 내가 멋지게 한 번 만들께,"

벌써 여름 냉커피의 입맛을 돋우며 신길태가 큰소리친다. 여과지로 넘어가는 침전수의 활기찬 소리가 실험실 유리창에 부딪친다.

"정 기사 있나? 나 좀 보자."

이제 막 시청에 다녀 온 마계장의 목소리였다. 정상기가 마주하기도 전에 마규현은 계속 큰소리로 말을 이어갔다.

"이상하지, 아무리 설명을 해도 시장님은 페놀조치사항을 믿질 않아, 우리 정수장은 정수처리에 이상이 없다고 결론이 났는데도 말이야."

"그렇소, 뭔가 이상해."

함께 시청에 다녀 온 소장도 마계장의 말을 거들었다.

"우리 정수장에서 페놀이 기준치 이상으로 검출되지 않은 확실한 증거를 제시하란 것이오. 지금까지의 모든 자료와 상황을 아무리 설명해도 믿질 않아?"

소장의 안타까운 심정을 동정하듯 마계장의 표정이 소장의 표정을 따라 움직였다.

"다음에는 정 기사랑 같이 들어가 보시지요. 아무래도 정 기사의 말을 더 신빙성 있게 듣지 않겠습니까?"

이틀 후 정상기는 소장, 마계장과 함께 시장실을 방문했다. 시장은 오른쪽으로 비스듬히 앉아 무엇을 골똘히 생각하는 듯 시야를 한 곳으로 모으고 있었다.

소장의 지시로 정상기가 일어서서 인사하고 페놀사건의 처리과정을 요약하여 설명하자 시장은 정상기의 보고를 중단시켰다.

"내 말은 그게 이니고 우리 마신의 검사자료가 왜 부산 정수장에 가 있느냐? 이 말이요."

예상치 못한 질문에 당황한 세 사람이 서로의 얼굴을 쳐다보자 시장이 설명을 덧붙였다.

"부산시 정수장에서 검찰 조사를 받으면서 페놀검출과정과 처리상황을 추궁받자 마산 정수장의 검사자료를 내놓으면서 참고 하였다는 것이요."

시장은 담배를 꺼내 물며 정상기를 유심히 쳐다봤다.

"다시 말하면 우리 마산 자료를 가지고 낙동강 유속을 계산하여 부산의 처리과정을 짜 맞추었단 말이요. 그런데 묘하게도 우리 마산 검사서류를 제출하면서 발뺌을 했어요."

시장은 담배연기를 천장과 응접의자 사이로 길게 내뿜으면서 소장을 주시했다.

"누군가 우리 쪽에서 부산으로 검사서류를 보냈단 말이요. 내 말은……."

시장은 화가 나서 소리가 나도록 담배연기를 내뱉었다.

황급히 정수장으로 돌아오는 차안에서 마규현의 얼굴은 몹시 굳어졌다.

"도대체 누가? 어떤 자료를 보내줬기에 지금까지 애쓴 일이 부정당한 단 말이요?"

소장은 마계장을 보며 한탄했다. 정상기는 멍하니 차창 밖의 하늘만 쳐다보고 있었다. 수많은 검사결과를 생산하고 보고한 정상기는 육감적으로 불안감을 떨칠 수 없었다. 정수장에 도착하자 마규현은 사무실에 들르지도 않고 자신의 빛바랜 갈색 포니를 몰고 부산으로 달렸다.

"정 기사, 출장 결재 부탁한다. 내일 보자."

정상기는 내리쬐는 햇빛 속에서 미래의 불안을 예측할 수없는 마규현의 뒷모습을 꿈꾸듯 바라봤다.

다음날 오후 마규현이 회수한 서류는 신길태의 필체였다. 마산 정수장의 원수페놀 검출결과가 차례로 적혀 있었고 기준치를 초과한 정수의 검사결과도 있었다.

"내가 미쳤지. 큰 일 날 짓을 했어."

마규현은 후회하면서 되받아 온 팩스 사본을 찢어버렸다. 자료를 부탁한 부산 정수장 담당관은 마계장과는 친분이 있었고 자료에 대한 비밀유지를 몇 번이나 다짐을 했던 것이다. 그러나 자신들의 입장이 난처해지자 페놀처리사항을 검찰에 실토한 것이다.

햇살이 눈부실수록 봄꽃의 수는 늘어나고 거리에는 봄비보다 시민단체의 데모가 더 잦았다. 퇴근시간 먼저 일손을 놓아버리는 토요일, 신길태의 커피 타령으로 정상기와 동료들이 고압가스버너 주위로 모였다.

"이번에 제 집사람이 조그만 식당을 개업했습니다."

신길태는 은색이 벗겨진 기다란 찻숟가락을 흔들며 말했다.

"그런 일은 진작 이야기 하지요."

즉각 반응을 보인 정상기가 이준성과 김정미, 김숙영의 얼굴을 살폈다.

사월의 마지막 토요일 오후, 실험실 직원들은 도지사의 금일봉을 반으로 쪼개어 우정식당 개업 축의금으로 결정했다. 신길태의 처가 개업한 우정식당은 옛 의창군청 정류소 근처 건물지하였다. 식당은 스무 평 남짓했다. 홀에는 테이블 세 개가 놓여있고 안쪽에는 온돌방을 넣어 숙식할 수 있도록 만들었다. 영업형태는 식당보다 통술집에 더 가까웠다.

"형식아, 선자야 어서 나와서 인사해라."

　정상기 일행이 들어서자 신길태가 자식들을 큰소리로 불러 소개했다. 지하식당의 테이블에는 석양의 봄빛보다 형광등이 더 눈부셨다. 모자를 쓰고 수건으로 얼굴을 감싼 신길태의 처가 음식을 가져왔다. 신길태는 취해 있었다.

　"정 기사요, 한 잔 하이소. 아 – 이 기사도 한 잔 해."

　신길태의 고함소리와 함께 음식 위로 침이 튀었다. 김정미와 김숙영이 얼른 삶은 땅콩을 집어 껍질을 벗긴다.

　"사장님이 너무 많이 취한 것 같다."

　정상기가 웃으며 말하자 신길태의 취기가 뿜어졌다.

　"아 – 취하면 어떻습니까? 이리 살다 가는 거지 뭐,"

　예상치 못한 신길태의 행동에 실험실 직원들의 개업인사는 생각보다 빨리 끝났다.

　신길태는 월요일에 출근하지 않았고 오후에 정상기에게 전화를 했다.

　"정 기사요, 신길탬니다. 미안합니다. 제– 이틀만 연가 좀 내어 주이소."

　정상기는 이유도 묻지 않고 말없이 듣고 있었다.

　"전화상으로는 말 못하겠고 나중에 다 이야기 하겠습니다."

　신길태의 목소리는 평소와 달리 흥분되어 있었다.

　그 날 정상기는 퇴근하면서 신길태의 우정식당에 들렀다. 식당으로 내려가는 계단 입구의 철제문은 닫혀있었다. 다음 날도 정상기는 우정 식당으로 가기 위해 한 구역 먼저 버스에서 내렸다. 정상기가 사는 아파트는 옛 의창군청 정류소에서 다음 구역인 월영동 버스종점이었다. 정상기는 내일 출근해야 하는 신길태가 오늘 밤에는 식당에 있을 것이라는 예감을 가졌다. 식당 입구로 가는 일층 출입문은 열려 있었다. 계단 끝의 식당문도 열려있고 인기척이 났다.

"신 기사?"

정상기가 소리를 내며 몸을 식당 안으로 조심스럽게 옮기자 웬 중년 여인이 돌아선다.

"신길태씨 있습니까?"

"아, 들어오십시오. 곧 올 겁니다."

중년여인은 마치 아는 사람을 대하듯 정상기를 안내했다. 식당은 지하인데다 형광등을 한 쪽만 켜놓아 사람의 움직임이 숨바꼭질하는 것처럼 보였다 안보였다 하였다.

"맥주 한 잔 드릴까요?"

우두커니 앉아있는 정상기가 대답할 사이도 없이 중년여인은 맥주와 잔을 가져왔다. 정상기가 솟아오르는 맥주 거품을 빨아 당기며 두 모금이나 마셨을 때 인기척이 났다.

"정 기사 왔습니까? 마침 잘 왔습니다. 그렇지 않아도 전화하려고 했는데,"

신길태의 밝은 목소리가 계단을 울렸다. 신길태는 큰 소리로 중년여인을 불러 함께 자리했다.

"앞으로 자주 보게 될 겁니다."

체격이 약간 크며 나이가 들어 보이는 여인의 팔을 신길태가 다정하게 잡았다. 정상기는 무슨 말을 해야 될지 혼란스러웠다.

"어찌 된 겁니까?"

신길태가 정상기의 눈동자에서 무엇을 찾는 듯 쳐다봤다.

"부끄러운 일이지만 마누라가 가출했습니다. 이 여자가 말입니다. 이 독한 년이 말입니다!"

신길태는 중년여인이 부어 준 맥주를 단숨에 들이켰다.

"재작년에도 식당을 개업했는데 어떤 놈하고 눈이 맞아 도망을 쳤다가 억지로 돌아 왔지 뭡니까"

신길태는 명태포를 뜯어 삼키고 소리가 나게 맥주를 마셨다.

"그런데 이번에도 약속, 약속해 놓고 개업을 했는데 또 그 놈하고 도망을 갔어요."

정상기는 신길태의 마음을 알 수가 없어 중년여인을 힐끔 보며 딴청을 피웠다.

"아이들은 어디에 있습니까?"

자식들 이야기는 숨기지 않을 것이라고 여기며 정상기는 신길태의 얼굴을 쳐다봤다.

"더욱 골 때리는 게, 저거 엄마 장사하는 것 반대하던 딸년이 개업날 집을 나가서 안 들어와요. 내- 참,"

신길태의 이야기는 그치지 않았다.

"그래, 어머니랑 함께 겨우 딸년 찾아서 집에 앉혀놓으면 마누라가 도망가고, 마누라 잡아놓으면 딸년이 도망 가버려,"

정상기는 미로 같은 신길태의 가정이야기에 출구를 찾으려고 두 눈을 깜박거렸다.

"딸애는 왜 그러는데?"

"그래 이유가 뭔지 딸내미에게 물었더니, 재작년에, 내 참 기가 차서, 저거 엄마라 쿠는 여자가 식당을 하면서 서방질하는 걸 우리 딸년이 보고 말았어, 그런 뒤로 저거 엄마하고는 마주치면 싸우는 기라, 한창 예민한 나이 아닙니까? 이제 중학교 2학년인데, 그때부터 마누라 꼬아서 주저앉혀 놓으면 딸년이 도망가고 딸년 겨우 잡아놓으면 마누라가 나가고, 아마 이번에는 여-엉 안 올 것 같은 기분이 듭니다. 딸이라도 찾아야지 그 독한 년은 어디 사는지 내가 다- 압니다. 정 기사요, 미안합니다. 이번 일 해결하도록 도와 주십시오."

"당연하지요. 세상 사는데 가정이 최우선 아닙니까."

신길태는 정상기에게 얼굴을 바짝 붙이고 술 냄새를 풍기며 한 마디 덧 부쳤다.

"정 기사요, 내 내일 하루만 더 봐 주이소?"

언제나 그렇듯 남의 부탁을 쉽게 거절하지 못하는 정상기는 고개만 끄덕였다.

"고맙습니다. 정 기사요, 이 은혜는 잊지 않겠습니다. 보라, 정 기사에게 한 잔 따라라."

이때껏 땅콩만 까먹고 있던 중년여인을 향해 신길태가 명령하듯 말했다.

"제 친구입니다."

'보라' 라고 부르는 중년여인은 아무런 저항 없이 정상기의 잔에 맥주를 채웠다.

"고향 친구입니까?"

순간 신길태의 눈빛이 반짝이더니 미소를 지었다.

"어차피 알게 될 텐데 몽땅 이야기 하지. 뭐"

신길태가 말을 가다듬었다.

"제 첫 사랑입니다."

"아, 그렇습니까."

적당한 말을 찾지 못한 정상기가 순간적으로 대답했다.

"이 사람이 도움을 많이 줍니다. 애들하고도 친하고……."

"그러면 이 근처에 사시는 모양이지?"

신길태의 이야기가 이해가 되는 듯 정상기의 목소리가 또렸했다.

잠시 주저하던 신길태가 손으로 입을 훔치며 이야기를 계속했다.

"처음 장사할 때, 하던 사업이 부도가 나서 사년 전 진동시장에서 조그만 국밥집 할 때, 아- 이 사람이 그 시장입구에서 식육점을 하고 있는 기라요."

신길태는 그날의 감동이 아직 몸속에 남아있는 것처럼 흥분했다.

"그때는 장사도 잘 되고, 참 좋았는데……."

밥 먹고 가라는 신길태와 첫사랑 중년여인을 뿌리치고 정상기는 집으로 향했다. 경남대 입구의 월영광장을 천천히 돌아 걸었다. 첫사랑 여인을 소개하는 신길태의 얼굴이 수많은 네온사인 속에서도 선명하게 떠올랐다. 국밥집을 하는 아내와 국밥 재료를 파는 식육점 첫사랑 연인 사이에서 신길태는 정성을 다했으리라. 두 개의 유리잔을 손바닥에 올려놓고 밤길을 걸으며 기도했으리라, 부딪치지 마라 깨어지지 마라…….

월영광장의 짙어가는 네온사인 아래에서 가로수 은행나무가 새 잎을 힘차게 밀어내고 있다.

오월의 빗속에서도 데모대의 목청은 요동을 쳤다. 회원구 임시청사로 쓰고 있는 마산 종합운동장에서 데모가 있는 날 마규현은 정상기를 데모 현장으로 이끌었다.

"오늘 데모의 공격 대상이 우리 쪽이라는 소문이 났더라."

마계장의 이야기에 정상기가 즉각 반응했다.

"혹시 실험실 일도 있습니까?"

쉽게 흥분하는 정상기는 육감적으로 자기의 실수가 있지 않을까 확인하였다.

"뭐 별일이야 있겠나?"

마규현은 정상기의 물음에 확실한 부정을 하지 못했다.

두 사람이 데모현장에 도착한 때는 해가 빗속에 숨었는지 서산으로 넘어갔는지 구분하기 어려웠다. 데모대의 고함소리는 종합운동장 도로변까지 터져 나왔다.

"책임자 처벌하라."

"수도요금 감면하라."

정상기는 마른 침을 삼켰다. 데모대의 고함소리는 되풀이 되었다.

"책임자 처벌하라."

종합운동장 정문을 향해 앞서가는 정상기가 마규현을 재촉한다.

"빨리 가 봅시다."

어두워지면서 빗줄기가 굵어졌다. 봄비답지 않게 한기가 세찼다.

데모대는 대부분 여자들이었다. 두 줄씩 세 칸으로 구분되어 줄을 지었다. 맨 앞줄 피켓의 내용은 마이크를 든 남자가 차례로 외쳤다. 비를 맞으며 줄을 선 데모대는 마이크 구호를 따라 고함을 질렀다. 외쳐지지 않는 내용의 조그만 피켓들도 중간 중간 들려있었다. 한 줄의 길이는 아홉 명 또는 여덟 명이었다.

그칠 것 같던 빗줄기가 더욱 굵어졌다. 만류하는 마계장을 남겨두고 정상기는 데모대의 피켓을 확인하려 나섰다. 혹시 자신의 이름이 적혀 있지 않을까? 하여 피켓 문구를 차근차근 살폈다. 가운데 줄 뒤편 안경을 끼고 청바지를 입은 아가씨 앞에 정상기가 멈춰 섰다.

'수돗물은 어린아이에게 먹일 수 없다— 정수장 직원의 말.'

정상기가 피식 웃었다. 빗물에 흘러내리는 머리카락 사이로 아가씨는 정상기의 눈길을 피했다.

봄비는 데모대의 열정보다 더 강했다. 구호의 외침은 빗소리에 묻혀 멀리 퍼져나가지도 못했다. 마규현이 정상기를 찾아 종합운동장 정문 맞은 편 다방으로 이끌었다.

"니 이름은 없네?"

마규현이 손으로 비를 막으며 웃었다. 정상기는 괘씸했다 그리고 후회했다. 시민단체회원들에게 양심적으로 현실을 설명한 자신이 어리석었음을 알았다.

그 날, 시민단체 회원들, 주로 여자인 그들에게 정상기는 갓난아이의 우유 물은 염소 소독된 수돗물을 직접 사용하기보다는 한 단계 더 정화된 또는 순화된 물을 사용하는 것이 낫지 않겠는가 하고 얘기했다. 물론 그들의 진정성에 대한 맹목적인 믿음을 다소 가지고 있었다.

"너무 걱정하지 마라. 무슨 일이야 있겠나?"

어둠 속에서 비 내리는 창밖을 바라보는 정상기를 마규현이 위로했다. 데모대가 외치는 소리는 다방 유리창을 뚫지 못했다. 불을 밝힌 자동차들이 교차로의 신호등에 맞추어 줄지어 움직인다. 정상기는 자동차 불빛 사이로 뛰어들어 외치고 싶었다.

"수질 개선 책임져라."

어둠 속의 봄비가 다방의 커다랗고 두꺼운 유리창에 사정없이 부딪친다.

4

정수장의 봄

페놀사태가 전국을 소용돌이쳐도 오월은 푸르름을 잃지 않았다. 올해에도 남지읍에서 유치원생들이 정수장 견학을 왔다. 노란 가방을 매고 친구와 짝을 이루어 손을 잡았다. 선생님의 설명에 대답하는 유치원생들의 맑은 목소리가 낙동강 물소리보다 크게 침사지 언덕을 차고 오른다. 줄 이은 유치원생들을 바라보는 정상기의 눈앞에 지나간 5년 동안의 일들이 꼬리를 문다.

정상기는 정수계 발령을 받자 실험실 근무를 자청했다. 이전 근무지의 보건소 예산업무보다 훨씬 단순하리라 여겼고 전공도 살려볼 기회라고 생각했다. 커다란 실험실에서 빈 책상을 마주하고 도시락을 먹으며 실험실에서의 첫 봄을 시작했다. 그 해 정수장 관리소장의 직급이 상향되면서 도청에서 새로운 소장이 왔다. 소장은 몸집이 좋고 미남형에 안경을 썼다.

정상기는 수질실험과 정수처리를 열심히 배웠다. 실험업무를 같이 하는 동료들은 인사이동으로 자주 바뀌었다. 이준성은 이년 간 네 번째 마주앉은 직원이다.

눈부신 햇빛으로 실험실 밖은 뜨겁고 실험실 안은 서늘한 초여름 오후 고압가스버너에 커피 물을 끓이며 창밖을 바라보는 정상기를 소장이 불렀다.

"정상기, 너에게 중요한 임무를 맡겨야겠다."

소장은 뒷짐을 지고 서성이다 자리에 앉았다.

"도청에서 들으니까, 이 곳 정수약품을 도둑질한다는 소문이 파다해. 그래서 정상기 네가 과연 도둑질을 하는지 안 하는지 알아내서 보고해라, 이 일은 나에게만 보고하고 다른 사람에게는 절대 말하지 마라."

소장의 밀명을 받은 다음 날 정상기의 담당 업무에 정수약품 예산관리가 추가되었다. 정상기는 실험실과 사무실을 오가며 업무를 해야 했다.

정수장에 사용되는 수처리 약품은 세 가지로 분류된다. 첫째가 주응집제(主凝集劑)인 액체 황산알루미늄이다. 정수장에 들어서면 첫눈에 알아볼 수 있는 커다란 탱크에 저장한다. 보통 붉은 벽돌로 쌓은 2개 이상의 탱크가 나란히 서 있다.

두 번째는 응집 보조제로써 알칼리성 약품인 소석회나 가성소다를 쓴다. 이 약품은 분말 또는 액상의 두 종류가 사용된다.

세 번째는 소독제이다. 상온에서 기체화되는 액화염소液化鹽素를 취급하며 독성이 아주 강한 약품이다. 운반 저장 시에는 일 톤 단위로 취급하며 대포알 모양의 쇠통을 포장용기로 사용한다. 그러므로 염소 투입은 항상 전문취급자가 지정된 장소에서 운전해야한다.

이 세 가지 약품 중 염소 가스는 일반인의 사용이 불가능하고 소석회는 너무 값싸고 취급이 불편하다. 소석회의 빈 포대는 강한 액성 때문에 고물상도 꺼려한다. 주 응집제인 액체 황산알루미늄 또한 수동으로 취급할 수 있는 약품은 아니다. 그러나 가격은 비싸다.

정상기는 의혹의 대상인 액체 황산알루미늄에 대하여 관심을 집중했다. 액체 황산알루미늄의 성분 규격은 PH(수소이온농도)와 산화알루미늄의 농도(%)가 주 된 항목이다. 마산 정수장에 들어오는 액체 황산알루미늄은 8% 농도이며 표준 공업 규격은 PH 3.0이상, 산화알루미늄(%)함량 8.0-8.2였다. 이 두 가지 상관관계를 정확히 알기위해 서울과 대전에 있는 유명 연구기관 5개소에 질의 공문을 보냈다.

액체 황산알루미늄은 고가였다. 탱크로리라 부르는 운반차량의 용량은 10루베 또는 12루베들이가 많았다. 10루베 한 대의 탱크로리에 실린 액체 황산알루미늄의 가격은 칠십 만원이 넘었으며 정상기가 보너스 달에 받는 월급의 두 배였다. 이 탱크로리들이 공휴일을 제외한 근무일에 하루 두 세 번씩 저장탱크에 약품을 주입한다. 물론 검수과정은 거쳐야 한다. 정문에서 청원경찰이 탱크로리 속 약품의 깊이를 막대자로써 확인하고 본부 건물 현관 앞에서 비중과 수량을 다시 검사한다. 약품실 현장에서는 입고入庫 후 빈 차량임을 확인받아야 납품이 완료된다. 거래명세표는 세 명의 확인 서명이 있어야 사무실 약품 담당자에게 도착하는 것이다.

정상기는 액체 황산알루미늄의 수량과 품질을 꼼꼼히 확인하고 기록했다. 그렇게 하기를 한 달이나 하였을까? 하루는 액체 황산알루미늄공장의 지부장으로부터 전화가 왔다.

"나, 이 부장이야. 정 기사, 나 좀 만나, 오늘 퇴근할 때 서마산 교차로 내리는 쪽 이층에 동백다방 있어. 거기 있을게"

이 부장은 나이가 육십에 가까웠다. 둥글고 큰 얼굴에 작지 않은 풍채를 지녔으며 소탈했다.

동백다방은 테이블이 다섯 개인 조그만 곳으로 앉아있는 손님들의 얼굴이 훤히 보였다.

"정 기사, 여기야."

먼저 온 이 부장이 웃으며 손을 흔들었다. 정수장에 근무하기 전 오년 동안 보건소 경리업무를 본 정상기이다 이런 만남의 내용을 모를 리 없다.

"정 기사, 지금처럼 하면 안 돼."

이 부장은 정수장 사정을 다 알고 있는 듯 머리를 흔들며 말했다. 정상기는 평소보다 부드러워진 이 부장의 태도를 보고 소장의 명령을 떠올렸다.

"제가 어떻게 해야 되겠습니까?"

"눈 좀 감아 줘,"

이 부장은 간단하게 말했지만 정상기는 잠시 말을 멈추었다.

"옛날 소장님도 이렇게 했습니까?"

이 부장은 정상기의 의지를 느꼈는지 이외로 쉽게 대답했다.

"원체 돈을 좋아하니까……."

정상기는 놀란 표정으로 이 부장을 바라봤다. 그러나 이 부장은 망설임이 없었다.

"추석도 다가오고, 다섯 차는 해야지."

'다섯 차, 다섯 차면 삼백만원이구나' 정상기는 엽차를 마시며 머릿속으로 빠르게 계산했다. 물끄러미 정상기를 바라보던 이 부장이 다시 거래를 제안했다.

"정 기사 것은 별도로 할께."

노련한 이 부장다운 유혹이었다. 정상기의 입가에 미소가 만들어졌다.

"몇 차나 생각합니까?"

"두 차면 안 될까?"

이 부장은 자신의 계산이 먹혀든 것으로 생각했다.

"좋습니다. 두 차를 빼어내되 정문부터 현장까지 근무자 서명을 다 받아오면 요구대로 하겠습니다."

정상기는 자신 있게 말하고 일어서 계산대로 향했다.

다음 날 정상기는 사무실에서 오가는 탱크로리를 주시했다. 빈 거래명세표에 세 명의 서명을 받지 못할 것이라고 생각하며 이 부장의 재타협 전화를 은근히 기다렸다.

그 다음날도 정상기는 탱크로리의 이동을 확인하고 현장 근무자들을 챙겨봤다. 그리고 사흘 째 날 소장의 결재를 맡으면서도 창밖을 주시하였다. 사무실에는 탱크로리 기사가 정상기를 기다리고 있었다.

"정 기사님, 이거 이 부장님이 드리라고 해서……."

작달막한 탱크로리 기사는 평소에 드나들지 않는 사무실 분위기가 어색한지 얼굴이 붉어져 있었다. 거래명세표를 받아 든 정상기는 어이없는 표정으로 의자에 풀썩 앉았다.

"그것 참 신기하다!"

정상기는 두 장의 거래명세표를 뚫어지게 바라봤다. 손바닥 크기의 얇은 거래명세표에는 정문과 실험실과 현장 근무자의 서명이 분명하게 그려져 있었다.

의문을 풀지 못한 정상기는 전임자에게 약품 거래명세표 보관철이 어디에 있는지 물었다.

"그건 뭐 하게? 그런 것 없어."

정수장 통수식通水式 때부터 약품을 담당한 오 기사는 대수롭지 않게 말했다.

"검수조서만 있어도 결재 가능한데 뭐……."

안경을 만지작거리며 자리에서 일어서는 오 기사는 정상기보다 한 직급 높으며 나이도 네 살이나 많다.

"그럼 날마다 오는 거래명세표가 하나도 없단 말입니까?"

3년 동안 정리하지 않은, 한 장에 칠십만 원이 넘는 거래명세표 뭉치를 오 기사는 캐비닛 하단 서랍에서 꺼내어 정상기에게 내밀었다.

이 부장으로부터 정상기에게 전화가 온 것은 퇴근 한 시간 전이었다. 이 부장은 정수장 구내식당 입구에서 기다리고 있었다.

"약속한 대로 두 차분 받아,"

이 부장은 거침없이 행동했다. 정상기는 이 부장이 내민 두 차분 백이십만 원을 바지주머니에 반으로 접어 넣었다. 자신의 빗나간 예측으로 나타난 약속의 결과를 거절할 수 없었다.

"경비 제하고 한 차 육십만 원이야, 지금까지 그렇게 거래했어."

밝지 않은 지하실 식당 복도에서 이 부장은 환하게 웃었다.

"그리고 지난 번 얘기한 다섯 장은 오 기사 편으로 보냈으니 곧 전달될 거야."

선 채로 볼일을 마친 이 부장은 손을 흔들며 돌아갔다. 지하실 복도에 혼자 남은 정상기는 바지주머니에 접어 넣은 돈 다발을 만져보고 실험실로 향했다. 누가 볼 까봐 급하게 바지주머니에 집어넣는 바람에 접혔던 부분이 펴지면서 바지가 팽창하였다. 마치 아랫도리가 발기한 듯 가랑이가 비뚤어져 계단 오르기가 불편했다. 퇴근 직전 오 기사가 내민 빈 거래명세표는 두 장이 추가된 일곱 장이었다.

선풍기 바람에 차려놓은 얇은 거래명세표가 들썩인다. 정상기는 헝클어진 거래명세표 뭉치를 순서대로 정리했다. 약품 수불부와 약품 투입지시서, 현장 근무일지, 정문 검문일지와 거래명세표를 일일이 확인했다. 정수약품에 대한 나쁜 소문을 듣고 있는 이준성도 정상기의 확인 작업을 숨죽이며 보고 있었다.

거래명세표는 약품 수불부와 일치하지 않았고 많은 부분이 빠져 있었다. 정수장 개통 초기에는 수질의 변화와 상관없이 약품이 일정하게 투입된 기록도 있었다. 낙동강 수질은 갈수록 나빠졌으나 처리약품은 해마다 지출예산만큼 똑같이 수불되었다.

장마 속에서 쏟아지는 빗줄기가 바깥세상과 차단막을 만들어 적막감을 느끼게 하는 날 오후 정상기는 소장실 문을 두드렸다. 소장은 부속실 아가씨에게 문단속을 시키고 정상기와 마주 앉았다.

"사흘에 한 차씩 규칙적으로 빼내고 간혹 거래명세표가 통째로 빠진 곳도 있습니다.”

“사흘에 한 차면, 일 년에 얼마고?”

소장은 메모지에 곱하기를 하며 동그라미의 단위를 세었다.

“한 차에 육십만 원이면, 십만, 백만, 천만, 육천만 원이네…….”

입을 벌린 채 정상기를 바라보던 소장은 허어하며 놀란 표정을 지었다.

“통째로 빠진 것은 얼마짜리고?”

“통상 한 번 계약할 때 육백 루베인데 그런 때는 이백에서 사백 루베로 조금 적습니다.”

소장은 안경 위로 정상기를 쳐다보며 한동안 말이 없었다.

“이백 루베라도 천만 원이 넘는데 그걸 혼자서 다 했단 말이가?”

소장은 전임 약품담당자 오 기사를 범인으로 지목했다. 정상기는 강하게 부인했다.

“어찌 칠급인 오 기사 혼자서 다 할 수 있었겠습니까? 오 기사는 결재권이 없습니다.”

신음소리를 내며 믿을 수 없다는 표정으로 정상기를 노려보던 소장이 일어선다. 정상기는 일어서지 않고 자신의 심경을 말했다.

“소장님, 저는 약품 담당자로서 적당하지 않습니다. 다른 사람으로 바꿔 주십시오.”

자신의 마음을 들키기라도 한 듯 소장의 날카로운 눈길이 정상기의 얼굴을 스쳐갔다.

"남들은 약품관리를 하고 싶어 난리인데 너는 왜 하고 싶지 않단 말이고?"

정상기는 어깨를 펴고 자세를 바로 잡으며 대답했다.

"저는 정에 약해서 남의 부탁을 잘 물리치지 못합니다. 그리고 오염되어 있지 않다고 장담할 수 없습니다."

잠시 생각하던 소장이 부드러운 눈빛으로 정상기를 바라보며 다시 물었다.

"누가 적임자라 생각하노?"

정상기가 기다렸다는 듯 대답했다.

"9급 이준성에게 맡기면 오해는 없을 것입니다."

"이준성이?"

소장은 이외의 인물에 눈을 크게 떴다.

며칠 후 소장은 이준성에게 정수약품업무를 배정하고 정상기에게는 비공식직함이지만 실험실장에 임명했다. 그리고 정수장 간부회의에 참석하는 특혜도 내렸다.

반투명하고 얇은 거래명세표의 서명이 베껴 쓴 가짜인 것을 정상기가 아는 데는 아주 오랜 시간이 걸렸다.

실험실로 돌아온 정상기는 연구기관에 보낸 액체 황산알루미늄에 대한 회신을 정리했다. 세 달이나 지나 도착한 답변들은 일본의 관계 문헌을 복사한 것이었다. 한글로 설명한 부분이 아예 없었다. 정상기가 난감해 하자 신길태가 나섰다.

"제가 번역해 보겠습니다."

신길태는 대학 일본어과를 졸업했다. 신길태가 번역한 내용 중에서 정상기가 새롭게 안 것은 액체 황산알루미늄이 일본에서 '액반' 이라고 줄여 부른다는 것 뿐 이었다.

정상기는 질의 공문을 연구기관에 다시 보냈다. 이번에는 정답을 선택하는 문제 풀이식 질의서를 만들었다. 연구기관들의 답변은 정상기의 생각보다 빨리 왔다. 답변 내용은 수도용 황산알루미늄의 규격 중 PH(수소이온농도) 3.0 이상은 PH가 3.1, 3.2, 방향을 말하는 것이라고 하였다.

연구기관들의 답변에 정상기는 놀라고 답답하였다. 액체 황산알루미늄의 PH가 3.0 이상이라고 하여 단순히 PH가 3.5, 4.0, 5.0으로 상승한다면 액체 황산알루미늄의 수도용 약품규격은 아무런 의미가 없는 것이다.

액체 황산알루미늄의 가격과 품질은 약품에 녹아있는 산화알루미늄의 함량과 연관된 PH에 의해서 결정된다. 정상기는 연구기관의 답변이 새로운 장벽을 만드는 같아 두려웠다. 구입단위별로 품질검사를 의뢰한 지방공업연구소의 검사결과도 똑같이 PH 3.3, 3.4였다.

정상기는 PH-수소이온농도에 대한 기본적인 내용부터 다시 읽어 보고 또 찾아 봤다. 그러나 PH 3.0 이상이 PH 3.1, 3.2라는 결론을 내 릴 수 없었다.

어떤 용액이 중성이면 PH 7이고 산성이 강할수록 용액은 PH 1 방 향으로 가고, 알칼리성이 강할수록 용액은 PH 14 방향으로 향한다. 그러면 산성용액에서 PH 3.0 이상이면 PH가 3.0보다 강한 산성용액 을 말하는 것이다. PH 3.0 이상은 당연히 PH가 2.9, 2.8이 되어야 하 는데 5개 연구기관의 답변은 모두가 그 반대였다.

"PH값은 수소이온농도의 역수의 상용대수인데, 이것을 정수로 나 타내면…."

정상기는 안타까움에 몸이 뒤틀렸다. 확실하고 속 시원한 결론을 얻 기 위해 PH정의를 읽고 또 읽었다.

"마이너스 로그 일 곱하기 십에 칠 승은……, 이 기사, 이렇게 하면 맞습니까?"

정상기가 풀이한 연습장을 거꾸로 내보인다. 이준성이 얼굴을 붉히 며 부끄러운 듯 웃는다.

"제가 뭘 압니까. 정 기사님도 모르는데……."

마이너스 로그 일 곱하기 십에 칠 승을 반복하며 허탈한 웃음을 짓 던 정상기가 멍하니 천장을 보더니 일어섰다. 사무실 시설계 김강호를 찾았다. 김강호는 정수장 신축공사에 종사한 토목직이다.

"김 기사, 정수장 지을 때 정수처리약품에 관한 책은 구입하지 않았습니까?"

김강호는 입이 무겁고 옛 소장의 신임이 두터웠던 직원이다.

"그게, 있을 겁니다. 아마 파란 색 표지에……, 소장실에 있는가?"

김강호와 정상기는 부속실 아가씨의 안내로 소장실 책장을 열었다. 이백 페이지도 채 안 되는 수처리 약품책은 김강호의 말처럼 청색 표지였다. 정상기는 미세한 먼지가 묻은 수처리 약품책을 가슴에 문질렀다.

수처리 약품책은 표지 색깔처럼 정상기의 기분을 맑게 했다. 그 책의 무기응집제 편에서 PH와 액체 황산알루미늄과의 상관관계를 도표로써 나타내고 설명하였다.

액체 황산알루미늄의 산화알루미늄의 농도가 높을수록 PH 수치가 내려갔다. 즉 산화알루미늄의 농도가 8%일 때 PH는 2.2전후, 7%일 때는 PH가 2.5전후, 4%일 때는 PH가 3.1전후였다. PH 3.0과 PH 2.2의 차이는 액체 황산알루미늄의 주성분인 산화알루미늄의 농도가 두 배, 즉 가격 차이가 두 배가 되는 것이다.

8% 액체 황산알루미늄을 조달 구입한 약품검사일지에는 PH 3.2와 3.3이 빠짐없이 적혀 있었다.

정상기는 수처리 약품책의 PH와 액체 황산알루미늄과의 도표에 대한 정확성을 알기위해 5개 연구기관에 다시 질문하였다. 그러나 해가 바뀌어도 연구기관의 답변은 오지 않았다.

오후의 중간쯤이면 실험실 직원들은 약속이나 한 듯 고압가스버너가 있는 실험대 창가로 모인다. 창밖의 침전지沈澱池를 바라보며 오늘 하루의 점검과 내일의 변화를 그리면서 커피를 마신다. 각자의 잔에 커피와 설탕, 프리마를 찻숟갈로 계량하여 넣고 고압가스버너 위의 주전자로 뜨거운 물을 붓고 있었다.

"정상기, 정상기 어디 있어?"

담당관이 서류를 들고 급하게 실험실로 들어왔다. 평소에도 큰 소리를 내는 담당관은 신문과 시청에서 온 공문을 흔들며 소리쳤다.

"이게 무슨 이야기이고? 수돗물에서 모래와 지푸라기가 나온다니? 이게 말이나 되는 기가? 응."

담당관은 정상기가 대답할 여유도 없이 계속 언성을 높였다.

"내가 그런 일은 있을 수 없다고 그렇게 설명했는데, 신문에 사진까지 났다. 이게 도대체 어떻게 된 기고? 어떻게 두 자나 되는 모래층을 뚫고 지푸라기가 수돗물에 서 나온단 말이고?"

담당관은 정수장 시설에 무엇인가 잘못이 있다는 것을 정상기에게 캐어묻고 있었다.

"비밀은 지킬 테니 말 해봐라."

마시지도 못한 커피를 내려놓고 이준성과 신길태가 자리를 피한다.

담당관의 흥분된 모습을 지켜보던 정상기가 가라앉은 표정에 쓴웃음을 지었다.

"여과지에 구멍이 났습니다."

"뭣이라, 여과지에 구멍이 났어?"

토목직인 담당관은 어이가 없는 듯 웃고 말았다.

"좀 자세히 말 해 주라."

정상기가 실험대에 기대었던 자세를 바로하며 담당관을 쳐다봤다.

"정수장 통수식 하는 날 물이 정상적으로 여과되지 않아서 여과지에 구멍을 냈다고 합니다. 이 소문은 오래 된 직원은 다 아는 비밀입니다."

"그러면 어떻게 해야 되노?"

담당관은 알 수없는 두려움에 갑자기 심각해졌다. 정상기가 차분하게 설명을 한다.

"12개의 여과지 가운데 바닥에 모래가 쌓이는 여과지가 2개 있습니다. 그 2개의 여과지에 구멍이 뚫린 것이 확실하니까 시설계나 보수계에 때우게 하십시오. 그리고……."

흥분이 가라앉은 담당관은 불안한지 정상기의 말을 끊었다.

"이거, 밖에 알리지 마라. 니하고 내만 아는 비밀이다."

담당관은 이제 됐구나 하는 기분으로 잽싸게 실험실을 나갔다. 프리마가 위로 번져 허옇게 변한 커피 옆으로 이준성과 신길태가 다시 모였다.

시간이 갈수록 정상기의 업무능력과 인간성에 대한 소장의 믿음은 깊이를 더했다. 의문점이 있으면 사무실과 집을 가리지 않고 정상기에게 전화를 했다. 소장 부속실 아가씨가 정해금으로 바뀌자 소장이 지시한 주의 사항이다.

"심심하면 놀러가도 좋은 데 실험실 말고는 가서 앉아있지 마라. 다른 데는 니가 배울 게 없다."

정수약품업무를 맡은 이준성은 새해 들어 무언가 열심히 공부를 했다. 캐비닛에서 지난 서류홀더를 꺼내어 혼자 계산을 하곤 하였다.

"이 기사는 요새 무얼 그리 열심히 연구합니까?"

마주앉은 정상기가 묻자 이준성은 싱긋 웃으며 펼쳤던 약품 수불부를 덮었다.

"정 기사님, 일 갤런이 정확하게 몇 리터입니까?"

"왜, 액반 바가지 때문에 그럽니까?"

이준성이 숨겼던 일이 들킨 듯한 표정으로 대답했다.

"요즘 좀 이상한 것 같아서……."

하던 일을 멈추고 정상기가 고개를 들었다.

"처음 인수할 때 3.8리터로 알고 있는데 근거 자료는 없습다. 액반 바가지에 이상이 있으면 골치 아픈데……."

정상기는 가볍게 말하지만 걱정하는 눈치였다.

정상기가 말한 액반 바가지란 액체 황산알루미늄을 퍼 옮기는 물레방아 날개와 같은 여러 개의 용기를 말하는 것이다. 그러므로 액반 바가지라고 부르는 용기의 부피 산출은 곧 액체 황산알루미늄의 사용량이다.

정상기는 이준성이 없는 틈을 타 약품 수불부를 살펴봤다. 액체 황산알루미늄의 사용량 옆 비고란에 1갤런이 4.4리터까지 올라가 있었다. 정상기는 약품실로 뛰어갔다. 현장 근무자 중 가장 나이 많은 서진대를 찾았다. 온돌식으로 만들어진 약품실 방에는 근무자 3명이 함께 있었다.

"뭐, 나?"

손가락으로 자신을 가리키며 허스키한 목소리의 서진대가 모로 누웠다 일어났다. 약품실의 기계음이 소용돌이치는 물소리와 함께 머리를 잡고 흔들듯 사방에서 울려왔다. 키가 큰 서진대의 팔을 이끌며 정상기가 침사지 언덕 아래로 나왔다.

"서 기사님, 요새 액반은 잘 들어옵니까?"

"으응, 그거는 내가 잘 모르지?"

나이답게 조심스런 서진대는 불확실한 사실은 말하지 않았다.

"그래, 마침 잘 왔다. 그렇잖아도 내가 한 번 만나려 했는데……."

서진대는 정상기의 소매를 잡아당기며 빠른 걸음걸이로 약품실 액반 투입기의 물레방아 앞에 섰다. 손가락으로 흘러내리는 액반을 찍어 입에 댔다.

"요새 액반이 이상해! 너도 한번 먹어 봐라, 물이다. 물,"

정상기도 엄지와 집게손가락으로 액반을 비벼 점성을 확인했다. 끈 끈함이 크게 느껴지지 않았다.

"이상하게, 침전지沈澱池에 후록이 형성되지 않아서 액반량을 제법 올렸는데도 응집이 잘 안 돼."

정수장의 연장자로서 맑은 물 만들기에 자부심을 가진 서진대가 흥 분을 했다.

"니가 전문가 아이가, 액반 검사 한 번 해 봐라. 뭔가 이상이 있다."

정상기는 빈 음료수병에 액반을 받아 실험실로 돌아왔다. 이준성은 정상기의 행동을 눈치 채고 있었다. 정상기가 이준성의 얼굴을 응시하 며 조심스럽게 물었다.

"이 기사, 1갤런이 4.4리터는 너무 많은 것 아닙니까?"

"영국 갤런은 4.54리터로 환산돼 있는데 괜찮습니다."

이준성이 화가 난 듯 빠르게 대답했다. 잠시 멍한 표정을 짓던 정상 기가 되물었다.

"그럼 미국 갤런이 3.75리터 입니까?"

정상기가 액반이 담긴 음료수병을 신길태에게 건네며 실험준비를 지시한다.

그날부터 일주일 간 실험한 액반 검사에서 터무니없이 낮은 성분의 액반 반입 차량이 발견되었다. 저장 탱크의 액반도 산화알루미늄의 함량이 규격보다 낮았다.

"내가 나서도 되겠습니까?"

정상기의 물음에 이준성은 뚜렷한 해결책을 찾지 못했다. 말이 없던 이준성이 굳은 얼굴로 정상기에게 부탁했다.

"정 기사님 다치지 않도록 하십시오."

설을 보름 앞두고 정상기는 소장실 문을 두드렸다.

"액반에 물이 들어 왔습니다."

"뭐라꼬? 물이 들어와? 어떤 놈이 그랬노?"

소장은 육중한 몸을 일으키다 다시 앉았다.

다음 날 정상기는 10톤 탱크로리 조수석에 앉아 대구로 향했다. 출장 목적은 기준 미달의 액반 출고에 대한 현장 확인과 소장의 경고 전달이었다. 탱크로리 조수석은 보기보다 훨씬 높았다.

대구 이현 공단에 위치한 액체 황산알루미늄 공장은 무질서하고 복잡했다. 마당과 아래층에는 제조 원료와 장비들이 널려있고 이층에는 실험실과 사무실이 있었다. 만나기로 약속한 공장장은 한 시간이 지나도 사무실에 나타나지 않았다. 밖은 어두워지고 기름 난로는 더욱 붉어졌다. 정상기는 화장실을 찾았다. 설계도에도 없는 이층 베란다 끝

화장실은 달빛과 찬바람에 몸이 절로 떨렸다.

손님 접대는 정상기와 함께 온 운전기사와 공장 근무자 한명이 침묵으로 대신했다. 방문 목적을 알고 있는 두 사람에게 정상기가 입을 열었다.

"언제부터 물을 탔습니까?"

공장 근무자와 운전기사가 잠시 눈을 마주 치더니 함께 온 운전기사가 정상기 쪽으로 얼굴을 돌렸다.

"작년 추석 때부터 그랬습니다."

정상기가 짬을 두고 다시 물었다.

"정수계장이 시켰습니까?"

두 사람은 대답이 없었다.

"오 기사가 했습니까?"

정상기의 물음에 두 사람은 서로의 얼굴만 바라보며 대답은 없었다.

"그러면 누가 했단 말입니까?"

정상기의 재촉에 두 사람이 동시에 입을 열었다.

"둘 다"

정상기는 입을 다물었다. 소리를 죽인 흑백텔레비전이 저녁뉴스를 시작한다.

대구 출장을 마친 다음날 오후 정상기의 설명을 들은 소장은 거푸 한숨을 쉬었다.

"어떻게 하면 속이 시원 하겠노?"

소장은 한동안 정상기를 응시했다.

"약품 구입 업무를 니가 맡으면 안 되겠나?"

소장의 부탁을 정상기가 망설임 없이 거절했다.

"이준성이 사기는 당해도 거짓말은 안합니다."

불같은 성미를 내비치는 소장도 목소리가 탄식으로 변했다.

"무서운 놈들이다. 여기 오래 있다가는 어느 귀신에게 당하는지 모르게 잡혀가겠다. 정상기, 너도 몸조심해라. 걱정된다."

소장은 몸을 젖혀 등을 의자에 붙이며 다리를 벌리고 길게 뻗었다.

"이 나쁜 자식들, 마음 같으면 모두 고발하고 싶다만, 설이 코앞인데 냄새나게 호들갑을 떨 수도 없고…"

소장은 억울한지 괴로운지 정상기가 삼년 동안 한 번도 보지 못한 표정으로 문밖까지 따라 나왔다.

액체 황산알루미늄의 소모량 단위 1갤런을 4.4리터에서 예전의 3.8리터로 되돌리기 위해 이준성의 약품 수불부에 기록된 4개월 반의 시간이 다시 만들어졌다.

식목일은 진해 벚꽃 잔치의 열기가 마산까지 느껴지는 날이다. 만개한 벚꽃을 보기위해 너도 나도 진해로 모여들 때 정상기는 정수장 식목행사에 참가했다. 참가한 직원 이십 여 명은 정문 언덕에 나무를 심었다. 나무를 심은 구덩이에 흙을 북돋우는 정상기에게 소장이 다가왔다.

"정상기, 나, 간다. 도청으로"

소장은 자신의 인사발령을 미리 알려줬다. 정상기는 삽을 든 손에서 힘이 빠져나가는 것이 느껴졌다. 소장이 바뀐다고 낙동강물이 달라지는 것은 아니지만 서로를 이해하려면 피피엠(PPM)부터 다시 시작해야 한다.

"피피엠(PPM)은 백만분의 일을 나타내는 단위이며 풀어 말하면 1톤의 물에 어떤 물질 1그램이 들어있는 것을 말하며……."

BOD는, COD는, 산성. 알칼리성은…, 수없이 반복되어 일 년 정도 지나면 질문은 겨우 대화로 바뀐다. 이런 결과가 오기까지 정수약품에 대한 오해, 수질에 관한 지식 부족, 사람에 대한 불신, 책임에 대한 두려움, 시설관리에 대한 불안 등으로 인간적 유대가 이루어지기 어렵다. 시간이 흘러 서로의 인간미를 느끼려 할 때면 또 인사발령이 이루어진다.

'새로운 소장이 오면 얼마나 시끄러울 런지?'

정상기나 이준성이 똑같은 생각이었다. 두 사람은 약속이나 한 듯 동시에 일어나 고압가스버너가 불안하게 서있는 실험대 창가로 갔다. 침전지沈澱池는 봄볕에 제 색깔을 찾고 있다. 여과지로 들어가는 침전수가 힘차고 푸르다. 쏟아지는 물속의 수많은 기포들이 서로에게 무어라 외치는 듯하다. 자동세척기에 빈 커피 잔을 담글 때까지 두 사람은 아무 말도 없었다.

월요일 아침 소장의 취임식, 정상기는 회의실로 향했다. 문이 활짝 열린 소장실을 지나자 옛 소장의 목소리와 얼굴이 떠올랐다.

"정상기, 내가 니 이야기 다 해 놨다. 괜찮을 끼다."

커다란 회의실은 전 직원이 참가해도 반이 차지 않았다. 정상기와 이준성은 둘째 줄에 붙어 앉았다. 계장들이 앞줄에 앉자 곧이어 새 소장이 들어왔다. 연단에 올라 마이크를 잡는 소장을 보고 정상기는 눈을 감았다.

조그만 체구에 불안해 보이는 눈동자, 끊어지듯 걷는 걸음걸이, 튀어나온 뱃살에 듣기 싫은 목소리, 여유로움이란 눈곱만큼도 느낄 수 없었다.

마이크가 꺼지자 직원들이 한꺼번에 일어섰다. 접이식 의자가 제자리로 돌아가면서 방정스런 소리가 솟아오른다. 정상기는 이준성을 보며 중얼거렸다.

"왠지 기분이 안 좋아"

새로 온 소장은 수질실험실에 대하여 어떤 이야기를 들었는지 직원들에게 아주 냉정했다.

"실험실 근무자는 야간에도 근무하도록 하고 다음 날 퇴근 시 실험 보고서를 제출하도록 하소."

어이없는 일이었지만 세 사람은 저항할 힘이 없었다. 늙은 정수계장은 부하직원들을 위한 말 한마디 못하고 지하식당으로 내려가 소주만 마셨다. 그날부터 정상기, 이준성, 신길태 세 사람은 번갈아 실험실에서 밤을 새웠다. 물론 아침에 실험보고서를 소장에게 제출하고 퇴근했다. 실험보고서는 날마다 달라야 했다. 세 사람이 열심히 실험보고서를 한 달 여나 제출한 날 약품실 서진대가 정상기를 찾아왔다.

"정 기사, 알고 있나? 요새 소장이 밤마다 약품창고에 왔다 가."

정상기는 육감적으로 소장의 속마음을 느낄 수 있었고 이준성에게 약품재고량을 확인했다.

"일주일 전에 다 세어 봤습니다."

정상기는 약품투입실로 달려갔다. 다른 약품들은 측량계기가 있어 문제가 안 된다. 그러나 소석회는 다르다. 20킬로그램들이 포대가 정신없이 쌓여있는 것이다. 평소에도 100톤 이상의 소석회가 보관 사용된다. 100톤이면 20킬로그램들이 5,000포대이다. 정상기가 목이 아프도록 세어 본 소석회는 3,750포대이다. 이준성이 기록한 재고량은 3,500포대였다. 하루 평균 투입 지시량은 육. 칠백 킬로그램, 30~35포대이다. 재고량과 차이 난 250 포대이면 일주일 사용량이다.

며칠 후 담당관이 정수계 직원들을 불렀다. 소장이 정수계 직원 모두를 감사하도록 시청 감사과에 요구했다고 하였다. 말썽 많은 정수약품에 대한 책임을 회피하기위한 계획적인 술수였다. 정상기는 이준성의 업무분장을 다시 해 주도록 정수계장에게 부탁했다. 그리고 약품재고량에 대한 사유서도 자신의 이름으로 제출했다. 정상기는 이제 막 공무원으로 출발하는 이준성에게 도둑 누명을 씌우고 싶지 않았다.

골치 아픈 소석회는 언제나 남아돌았다. 이번에도 장부재고량보다 5톤이나 많이 쌓였다. 이유는 지시와 이행의 불일치에 있다. 실험실에서 지시한 일일 투입량보다 현장에서 항상 적게 투입하기 때문이다. 미세한 백색가루가 푹푹 날리는 투입구에 끝이 거칠게 찢어진 소석회 포대를 거꾸로 툭툭 털어 넣는 모습은 보는 사람도 숨이 꽉 막힐 지경이다.

"이 작업을 할 때면 마음속으로 정수장을 몇 번이나 도망가는지 몰라, 더구나 여름이면 죽을 맛이야"

키 큰 서진대가 허스키한 목소리로 약품실이 울리도록 외친 말이다.

담당관은 정상기가 쓴 소석회에 대한 사유서도 소장이 직접 감사계에 제출했다고 하였다.

한 열흘 쯤 지나 정상기가 사유서 문제를 잊을 듯한 날 밤에 집으로 전화가 왔다.

"정상기씨, 여기 감사곈데 지금 만날 수 있겠어요?"

정상기는 얼른 대답하지 못 했다. 전화기 안에서는 웃음소리와 장난기 섞인 목소리가 들렸다. 정상기는 다시 전화하겠다고 하였다. 전화기를 내려놓은 정상기는 자신의 지갑을 꺼내들고 아내를 불렀다. 두 사람의 지갑과 냉장고 벽에 꽂힌 봉투 속 생활비까지 합한 돈은 오만 오천원이였다. 감사계 직원들에게 저녁식사를 대접하기에는 턱없이 모자라는 액수였다.

"이 밤중에 돈 빌릴 곳도 없고 외상 할 수 있는 식당이나 술집도 없다. 다음에 만나자고 할까? 그러면 당할 텐데……."

정상기는 뾰족한 해답을 찾지 못하고 망설이다가 결국 감사계 직원들과의 저녁식사 제의를 거절하고 말았다.

정상기의 께름칙한 기분은 일주일도 못 넘겨 현실로 나타났다. 이제나 저제나 하며 힘없이 출근하는 정상기에게 붉은색 서류가 첨부된 징계공문이 분명하게 도착했다. 그 붉은색 문서는 징계위원회 회부에 앞서 반론의 기회를 가지고 해명할 것이냐? 아니면 조서대로 징계를 받을 것이냐 하는 내용이었다.

정수계장과 오 기사는 해명해도 소용없으니 반론하지 말자고 하고 이준성은 책상을 치며 해명하겠다고 했다. 정상기도 이준성의 뜻에 따랐다.

징계위원회가 열리는 날 시청현관에서 회의실로 가는 엘리베이터 앞에 정수계장과 정상기, 이준성 세 사람이 나란히 섰다. 오 기사는 빠졌다. 지난번 약품감사 때 잘못이 적발되어 연거푸 징계를 받게 되자 오 기사는 현금 천만 원을 감사계에 전달한 것을 정상기는 알고 있었다.

이번 일로 감사과 사무실에서 조사받을 때 오 기사는 평소에 피우지 않는 담배를 물고 불완전 연소된 연기를 감사계장과 천장 사이로 날려 보냈다. 입을 오므려 붕어 입처럼 두어 번 담배연기를 뽑아내자 감사계장이 알아채고 답례를 했다.

"오 기사는 집에 가지."

감사계장은 천만 원의 무게에 눌렸는지 목을 움츠리며 비굴한 눈웃음을 오 기사에게 보냈다.

4층 엘리베이터에서 세 사람이 내리자 감사계장이 기다리고 있었다.

"정 기사, 조서에 기록된 내용이 모두 사실이라고 말해주게, 부탁하네."

뻔뻔스러웠다. 정상기는 대답대신 씁쓸한 미소를 지으며 고개를 돌렸다.

"둘 다 견책으로 올렸고 위원회에서 한 단계 감해지면 훈계 정도이니 내 말대로 해주게, 부탁하네."

마주보는 사람이 되레 부끄러울 만큼 감사계장은 뻔뻔했다.

징계위원회 장소에는 한 명씩 불려갔다. 먼저 들어간 정수계장은 위원들의 호통을 뒤집어쓰고 눈물을 글썽거리며 나왔다. 다음 차례의 정상기는 입구에서 인사하고 말없이 섰다. 보사국장이 위로의 말을 보냈다.

"그곳은 근무하기 힘들다면서, 두 사람 이야기 많이 들었어. 고생 많아"

보고된 징계사유는 공문서 위조이며 징계내용은 견책보다 한 단계 높은 감봉이었다. 정상기는 분노가 울컥 치솟았다.

마지막으로 이준성이 들어갔다. 정상기는 혼자 문밖에서 기다렸다. 잠시 후 이준성의 고함소리가 들렸다. 다른 사람의 목소리는 들리지 않았다. 계속되는 고함소리는 이준성의 목소리였다. 간혹 정 기사니 또는 소석회를 많이 넣어 그리고 맑은 물 생산이니 두 사람이 어쩌고 하는 말이 새어나왔다. 부시장이 위원장인 이런 높은 자리에서 일개 9급이 고함을 지르고 있는 것이다. 그것도 자신의 잘못을 따지는 징계위원회에서, 그러나 잘못했다는 이준성의 목소리는 한 번도 들리지 않았다.

한바탕 약품파동이 있은 후 정수계장은 마규현으로 바뀌었다. 마규현은 젊고 붙임성도 있었다. 그해 말에 병리기사 김숙영이 채용되고 김정미도 발령을 받아 정수계와 실험실은 제자리를 찾아갔다. 그러나 정상기의 소장에 대한 나쁜 감정은 변하지 않았다. 소장은 마계장을 통해 정상기에게 여러 번 사과의 표시를 보냈지만 정상기의 마음은 바뀌지 않았다.

"정 기사, 나를 봐서라도 한 번 웃어줘라."

마계장이 아무리 호소해도 정상기는 소장에게 마음을 열지 않았다.

오후의 중간쯤이면 정상기와 이준성은 고압가스버너가 있는 실험대에 기대어 말없이 창밖을 바라보았다. 서로가 정으로 뭉쳐있지만 답답함을 느끼고 있었다. 이제 모두가 이곳을 떠나고 싶었다. 정상기는 근무한지 5년째이다. 총각이었던 이준성도 결혼하여 쌍둥이 아버지가 되었다.

"두 분 커피하십니까?"

어느 현장에서 놀다 오는지 신길태가 웃으며 분위기를 바꾼다.

"정 기사요, 내가 초대를 해야겠는데 날짜 한 번 잡아보이소."

신길태의 초대는 딸과 처의 숨바꼭질이 끝났음을 알리는 신호였다.

그날 저녁 약속한 노래방에는 신길태의 첫사랑 여인이 먼저 와서 세 사람을 기다렸다. 지하실이었지만 여름의 습기는 아직 강하지 않다.

"아마 같이 살게 될 겁니다."

반주도 켜지지 않은 노래방 조명 아래에서 두 사람은 스스럼없이 행동했다. 첫사랑이 아름다운 것인지 추억이 짙은 것인지 지독하다는 신길태 처의 고개 숙인 모습이 정상기의 눈앞에 어른거렸다.

5

수질개선과 해외여행

모든 하수는 하수처리장으로 보내어 처리한다는 국가의 맑은 물 만들기 사업은 쉬지 않고 진행된다. 문제는 강물을 상수원으로 쓰는 하류지역의 수돗물이다. 이번 페놀유출사건처럼 오염원을 제때 처리하지 못하면 대규모 피해가 발생한다. 흐르는 상수원수의 오염원을 발견하고 처리하기 위해선 즉각적인 수질검사가 필수적이다. 24시간 수질검사가 이루어져야 한다. 그래서 수질실험실이 먼저 개편되고 확장되었다.

마산 정수장에도 수질실험실이 새로운 기구로 만들어지고 실험실장이 도청 보건연구소에서 왔다. 수질실험을 담당할 수질연구사를 채용하기 위한 채용공고도 붙었다. 실험실장 간의 공식적인 인수인계는 없다. 인수인계 물품은 정상기가 만든 실험실 장비대장과 예산서 한 권이 전부였다. 정상기는 정수계로 자리를 옮겼고 이준성과 나머지 세 명은 실험실에 남았다. 실험실에 대한 세세한 것은 이준성이 설명할 것이다.

새 실험실장은 작은 체구에 겁먹은 듯한 표정의 얼굴을 가졌다. 사람이 모이는 곳에서는 사람들의 뒤쪽에 몸을 숨기듯 서 있었다. 주식 투자를 많이 한다는 소문은 실험실장이 취임하기도 전에 정수계 직원들에게 나돌았다. 주식 투자로 집 한 채를 날렸다는 이야기도 빠지지 않았다.

이준성은 실험실장에게 수질자동측정계기부터 설명했다.

"이 계기는 컴퓨터실과 연결되어 있어 수질측정결과가 자동으로 기록됩니다."

실험실장은 눈을 껌벅이며 이준성의 뒤를 바짝 붙어 따랐다. 수질자동측정계기가 설치된 통로를 빠져나오자 실험실장이 고개를 빼며 걸음을 멈추었다.

"이거 G.C기 아니요?"

연초에 들여온 가스 크로마토그래피를 실험실장이 손으로 가리켰다. 가스 크로마토그래피는 유기화합물의 분석에 사용하는 측정기구이며 줄여서 G.C기라고 부른다.

이준성이 G.C기에 오른 손을 얹으며 설명했다.

"작년 예산으로 조달 구입했는데 수입 통관 절차가 까다로워 올 이월에서야 여기 들여왔습니다. 아직 시험가동 중입니다."

"얼마에 샀습니까?"

실험실장의 눈빛이 반짝이며 이준성을 쳐다봤다.

"사천삼백만원 정도 됩니다."

이준성이 기억을 되살리려 눈을 깜박거리며 얼굴을 살짝 돌렸다.

"음, 그 정도면 비슷하네."

실험실장은 보건연구소에서 G.C기를 봤다면서 고개를 끄덕였다. 이준성이 원심분리기와 드라이 오븐을 차례로 설명하면서 드라이 오븐 문을 열었다. 두 칸으로 분리된 철망 선반 위에 커피 잔이 여러 개 놓여있다. 실험실장이 드라이 오븐의 내용물을 보고 웃는다.

"커피가 있습니까? 한 잔 먹읍시다."

이준성이 얼굴을 붉히며 드라이 오븐 옆 고압가스버너에 불을 붙였다. 이준성은 정수계로 자리를 옮긴 정상기의 잔에 실험실장의 커피를 채웠다. 실험실장은 침전지沈澱池가 보이는 창을 등지고 커피를 마셨다. 이준성이 뜨거워진 커피 잔을 두 손으로 감싸면서 마시기에 적당한 온도가 되기를 기다리고 있었다.

"G.C기 업체에서 얼마 줍디까?"

예상치 못한 질문에 이준성이 놀라 몸을 움직이는 바람에 잔속의 커피가 넘쳐 실험실 바닥에 넓게 떨어졌다. 이준성이 커피잔을 실험대에 놓았다.

"구십 만원 받았습니다."

“예, 구십 만원 요-. 직접 받았어요?”

이준성은 혼란스러웠다. 동그래진 눈으로 실험실장을 쳐다봤다.

“그 것도 정 기사님이 우겨서 받았습니다. 저도 옆에 있었습니다.”

이준성의 대답이 끝나기 무섭게 실험실장이 커피를 꿀꺽 소리 나게 삼키고 한마디 내뱉었다.

“정 기사 그 사람 미친 사람 아니요? 십 프로는 기본이고 년 말에다 년 초에, 나 같으면 오백은 받을 수 있었겠는데…….”

이준성은 더 이상 할 말이 없었다. 자신의 책상 서랍을 뒤져 G.C기 판매회사인 에이치사 직원 명함을 찾았다.

사흘 뒤 오전 열 한 시 반, 에이치사 영업사원 김봉효가 실험실을 들어섰다. 이준성이 일어서서 맞이하고 실험실장에게 김봉효를 인사시켰다. 김봉효는 두 손을 맞잡고 말없이 섰다. 이준성은 시계를 쳐다봤다. 점심 먹으려 나가기엔 빠른 시간이었다. 의자에 몸을 기대었다 떼었다 하던 이준성이 십 분을 참지 못하고 일어섰다.

“에이, 그만 점심 먹으려 갑시다.”

실험실장과 김봉효에게 밖으로 나설 것을 재촉했다.

세 사람은 김봉효의 차를 타고 남지읍으로 나갔다. 시장입구 왼편에 있는 삼겹살집에 자리를 잡았다. 방은 낮고 어두웠다. 집게로 삼겹살을 뒤집으며 눈치를 보던 김봉효가 먼저 입을 열었다.

“실장님 한 잔 하십시오.”

실험실장에게 소주를 따르며 이준성을 힐끔 쳐다봤다.

“실장님께서 오해가 있는 것 같아 제가 다 말씀드리겠습니다.”

김봉효는 작정한 듯 상의를 양손으로 여미며 자세를 고쳐 앉았다.

“제가 드린 구십 만원도 제 능력 밖의 돈입니다. 저희 회사에서 책정된 영업비용은 오십 만원 이었습니다.”

이준성도 김봉효의 말을 의심하지 않았다. 김봉효가 음료수 잔을 끌어당기며 침을 삼켰다.

“제가 G.C기 구입계약이 끝나고 정상기 선배님한테 삼십 만원 봉투 건넸다가 얼마나 욕먹었는지 이 기사님도 봤잖습니까?”

이준성이 고개를 끄덕였다. 정상기가 김봉효의 고등학교 선배라는 사실은 김봉효가 일 년 넘게 부지런히 실험실에 영업하면서 우연히 알게 된 일이었다.

열심히 영업한 결과 2년 만에 구매계약을 이룬 김봉효가 정상기에게 봉투를 내밀었다. 김봉효가 꼭꼭 눌러 만든 삼십 만원이 든 리베이트 봉투였다. 에이치사 영업사원으로서 이런 계약은 처음이었다.

“야, 이 미친놈아, 이걸 돈이라고 주냐?”

정상기는 김봉효의 봉투를 보자 대번에 화를 냈다. 기분 좋게 미소를 짓던 김봉효의 얼굴이 일그러지며 잿빛이 되었다.

“선배님, 저희 회사에는 리베이트 같은 것은 없습니다. 선배님이 생각하시는 것은 모두 옛날 방식입니다."

정상기의 갑작스런 거친 목소리에 김봉효가 대들었다. 정상기도 가만있지 않았다.

"임마, 이기 누구 앞에서 설교하고 그래. 내가 그런 것 몰라서 지금 화내는 거야. 당장 들고 나가"

김봉효가 다시는 오지 않는다고 씩씩거리며 실험실 문을 박차고 나갔다. 정상기가 민망스런 표정으로 이준성을 바라본다.

"저것도 영업사원이라고…"

다음 날 김봉효는 정상기보다 먼저 실험실에 출근하여 기다렸다.

"선배님 죄송합니다."

"이런 일을 하면서 너도 어려움이 있겠지만 나도 어려움이 있어, 그렇지만 일에는 순서가 있는 거야."

정상기는 김봉효의 등에 손을 얹었다.

실험기구 구입관계는 원래 이준성의 업무였다. 그러나 이번 일은 외자外資구입購入으로 예산집행이 회계연도를 넘기면서 이준성이 처리에 한계를 느껴 정상기가 대신 구입한 것이다. 그래서 정상기는 모든 상황을 이준성에게 알리고 또 같이 행동했다. 그 날 김봉효가 이준성에게 몇 번이나 인사하며 놓고 간 봉투가 구십 만 원짜리였다.

삼겹살 굽는 연기가 방 안을 낮게 떠다닌다. 실험실장은 소주 두 잔에 얼굴이 발개졌다. 에이치사 영업사원 김봉효가 일어설 채비를 했다. 실험실장이 이준성에게 나가보라고 눈짓을 한다. 이준성이 음식값 계산을 마친 김봉효와 나란히 문밖에 섰다. 김봉효는 아무 말도 하지 않았다. 남지읍 시장의 길게 마주선 상가 사이로 오월의 햇빛이 눈부시다.

김봉효가 빈손으로 다녀간 뒤로 실험실장은 G.C기를 보면 고개를 젓고 이준성을 보았다.

"거-참, 이상하네. 이 기사는 이해가 가요? 구십 만원만 받았다는 게."

이준성도 고개가 기울어졌다. 정상기가 정말 구십 만원만 받았을까? 그러면서 고개를 저었다. 쓸데없는 생각을 한다며 이준성은 씁쓸한 미소를 지었다.

"이 기사는 이해가 가요? 겨우 구십 만원 받았다는 게?"

실험실장의 거듭되는 질문에 이준성이 결국 출장 결재를 올렸다.

에이치사 부산지사로 가기 위해 이준성은 시외버스에 몸을 실었다. 버스 출입문 위의 디지털시계가 9시 50분을 나타내고 있다. 이때쯤이면 실험실 창가에 커피향기가 피어나고 기분 좋은 목소리들이 터져 나온다. 정상기의 빠르고 큰 목소리, 신길태의 휘감는 듯한 말솜씨, 수줍은 체 하면서 끼어드는 김숙영, 얼굴을 붉히면서도 빠지지 않고 대답하는 김정미. 실험실 창밖으로 침전수가 쉬지 않고 흐르듯 버스 차창으로 오월의 풍경이 끊임없이 지나간다.

이준성은 출장복명서와 함께 김봉효가 주는 이십 만 원짜리 봉투를
실험실장에게 전달하고 나서야 G.C기 앞을 잔소리 없이 지날 수 있었
다.

페놀사건의 소용돌이가 잦아들자 수질개선사업이 전국적으로 가열
되었다. 마산 정수장에도 맑은 물 공급대책을 만들어 보고하라는 지시
가 도청에서 내려왔다.

수질실험실의 의견을 묻기 위해 정상기가 이준성을 찾았다. 비좁은
실험실 사무공간에는 이준성 혼자 책을 보고 있다. 정상기가 수질개선
서류를 내밀자 이준성은 거들떠보지도 않고 기지개를 켠다.

"정 기사님, 우리 실장님은 맑은 물보다 돈을 더 좋아합니다."

이준성이 기지개 캔 팔을 정상기에게로 뻗으며 웃었다.

정상기는 〈맑은 물 만들기 사업〉의 한 방법으로 낙동강 원수의 취수
과정에 대한 개선을 생각했다. 현재는 낙동강 물을 동력으로 끌어올려
곧바로 약품실을 경유하게 되어있다. 원수의 탁질濁質이 그대로 침전
지沈澱池에 가라앉는 것이다. 원수의 탁질이 많으면 응집약품도 많이
사용되고 퇴적물의 처리도 어렵다.

정상기는 이러한 취수과정의 개선방법을 오래 전부터 모색해왔다.
첫째, 취수지를 수문식으로 설치하고 바닥을 경사지게 하여 침전물이
강으로 흘러내리게 한다. 유입부에는 스크린을 설치한다.

둘째, 취수지의 원수체류시간을 2시간 이상으로 하며 2개 이상의 취수지를 만들어 교대로 사용한다. 1개의 취수지는 비상시에 대비한 예비지로 한다.

셋째, 조정조를 거쳐 약품투입실까지의 수로를 ㄹ자형으로 길게 한다. 유입수의 수로 체류시간은 2시간 이상으로 하며 수로의 깊이는 1미터 내외(태양빛이 충분히 바닥까지 닿는 깊이)로 한다.

넷째, 취수지와 조정조, ㄹ자형 수로의 유입수 체류시간의 합은 6시간이상으로 설계한다. ㄹ자형 수로에는 폭기, 소독제, 활성탄 투입 같은 시설을 위한 공간을 확보한다.

정상기는 취수지와 수로의 길이를 산출하여 시설계 차석인 김강호에게 비용을 물었다.

"토지 매입비를 빼고 약 300억 정도 견적이 나오겠습니다."

정상기는 한 해 정수처리 약품비를 비교하면 그렇게 많은 액수가 아니라고 생각했다. 현재 마산 정수장의 취수방법에서 원수를 30분만 더 체류시키면 원수의 탁도濁度가 1/5로 준다. 탁도에 의해 결정되는 약품비도 당연히 줄어든다. 탁도가 줄면 침전지 퇴적물도 줄어들고 여과지의 효율도 높아진다. 경제적 효과도 크지만 맑은 물 만들기의 지름길이며 기본이라고 정상기는 강조했다.

맑은 물 만들기 대책을 도청에 제출한 정상기는 기분이 좋았다. 자신의 제안이 채택되어 실용화되는 10년 또는 20년 후 좋아진 수돗물에 시민들의 웃는 모습이 떠올랐다.

맑은 물 만들기 대책을 제출한 이 주일 후 도청 담당관으로부터 정상기에게 전화가 왔다. 정상기는 자신의 제안이 채택 되었구나 생각하며 전화기를 천천히 받아 들었다. 질문에 대한 답변을 빠르게 머릿속으로 정리하며 호흡을 가다듬고 침을 삼켰다. 도청 담당관의 목소리는 부드러웠다.

"이번에 정 기사가 올린 맑은 물 대책 말이야, 내용은 좋은데 너무 거창하고 시간이 많이 걸려서, 당장 효과가 나타나지 않아서 말이야,"

도청 담당관은 잠시 말을 멈추더니 목소리를 낮고 느리게 보냈다.

"그래서- 이건, 뺍시다."

정상기는 아무 일도 없었던 것처럼 일어서서 창밖의 먼 하늘을 바라보았다.

수질개선사업의 또 다른 방법은 시.군 수질관리담당자의 선진지 견학이었다. 경상남도에서는 2개조로 나누어 해외견학을 시행했다. 방문지역은 일본, 대만, 홍콩이었으며 기간은 열흘이었다. 마산시는 수도과장, 정수계장, 정상기 세 명이 결정되었다. 이준성의 자리는 없었다.

칠월 말은 태풍이 오는 시기이다. 마규현과 정상기는 태풍 때문에 해외견학이 취소되면 어쩌나하고 일기예보에 귀를 기울였다. 태풍이 올 것이라는 일기예보에도 침전지沈澱池의 수면은 아직껏 맥이 풀린 듯 잠잠하다. 하릴없이 제자리를 지키는 정상기의 머리는 사흘만 지나면 바다를 건너 날아가는 하늘만큼이나 비어있었다.

칠월 이십삼일 아침 김포공항, 마규현과 정상기는 같은 조의 함안군과 창녕군 직원과 함께 출국을 기다리고 있었다. 이제 9시가 되면 외국으로 날아간다. 말로만 듣던 외국여행을 시작하는 것이다. 드디어 홍콩으로 가는 비행기 탑승구가 반갑게 열렸다.

스튜어디스의 비상 시 행동 요령 안내와 거센 바람을 맞받아 오르는 동체의 육중함이 두려움을 가져왔다. 자동차처럼 앞뒤를 분간할 수도 없이 두어 뼘 남짓한 창문을 통하여 보는 바깥 사정은 답답했다. 비스듬히 솟아오르던 건물들이 사라지고 내내 발자국을 새겼던 땅의 모습이 마침내 구름으로 아득히 뒤덮여 버렸다. 눈부신 햇빛 아래 하얀 구름밭을 귀가 멍하도록 커다란 비행기가 날아갔다.

갑자기 정상기의 시야에 이준성과 김정미가 구름 저편에 나타나 웃는다. 한숨 같은 불길을 내뿜는 고압가스버너 옆 창가에서 두 사람이 봉투 하나를 내밀었다. 정상기에게 주는 여행경비였다. 오만 원이다. 두 사람이 두 달간은 모아야 하는 출장비였다. 봉투를 받아들고 고마움에 굳어버린 정상기를 보며 김정미가 찻잔과 커피를 꺼낸다.

"정 기사님, 해외여행 기념커피 한 잔 하셔야지요."

두 시간이 지나도 비행기는 여전히 구름밭을 날고 있다. 훌쩍 뛰어

내려도 떨어지지 않을 듯 두껍게 느껴지는 착각의 환상이 순간 정상기의 온몸을 소름 끼치게 한다. 구름에 반사되는 햇살 저 멀리 이준성과 김정미가 떠나지 않고 웃는다. 그 뒤에는 액체 황산알루미늄 공장장과 이산화염소 공장장이 두툼한 봉투를 하나씩 들고 있다.

"오십 만원이면 되겠습니까?"

마규현과 정상기에게 봉투를 건네는 두 사람이 웃는지 우는지는 구름에 반사되는 햇빛 때문에 보이지 않는다.

곧 홍콩공항에 도착하므로 안전벨트를 매고 비행기가 완전히 착륙하기 전까지 움직이지 말라는 안내방송이 흘러나왔다. 공기가 강하게 압축되는 듯한 느낌에서 기체의 속도가 한 단계 느려지자 '띵 띵 띵' 하는 금속음이 울리고 동시에 해방감이 느껴졌다. 그 순간 견학단 일행들은 좌석을 박차고 일어서서 짐을 챙기기 시작했다. 비스듬히 기울어진 비행기는 시간에 쫓겨 달리는 시내버스 보다 훨씬 빠르게 창밖의 풍경을 스치고 있다.

기체의 흔들림에 서두르던 견학단의 검은 가방이 앉아있던 서양인의 하얀 머리를 내리쳤다. 사과의 표시는 말이 통하지 않는 두 사람이 서로 다른 감정으로 잠시 노려보는 것으로 끝이었다. 아직도 출근길의 시내버스 보다 빠른 비행기 중앙 통로에는 견학단 일행이 줄지어 섰다. 좀 더 빨리 내리기 위해 한국사람 같은 사람들이 내릴 수도 없는 비행기 중앙통로에 꼬리를 물고 늘어졌다.

몇 차례나 반복된 가이드의 주의사항은 철저하게 뭉쳐 다녀야 한다는 것이다. 만에 하나 길이라도 잃으면 택시를 잡아타고 '사우스 코리아'를 외치라고 하였다. 비좁은 공항 검색대를 빠져나오자마자 또 다시 인원점검을 실시했다. 가이드는 옆 사람이 다 있는지 확인하라고 했다. 모두들 옆 사람이 다 있다며 웃었다. 그러나 가이드의 머리 셈에는 한 명이 모자랐다. 다시 한 번 머리수를 세어도 스무 명에서 한 명이 빠졌다. 가이드의 흥분된 모습에 서로가 두리번거리는 사이 누군가 소리쳤다.

"어! 저기, 과장님이……."

모두가 바라보는 곳에는 급한 볼일을 마친 수도과장이 두 손으로 바지 지퍼를 채우며 일행을 향하여 잰걸음을 하고 있었다.

견학단 일행은 점심을 먹은 뒤 호텔 전화번호가 적힌 명찰을 달고 홍콩 관광을 떠났다. 태풍에 쫓긴 시커먼 구름들이 빗방울을 뿌려댔다. '천하제일만'이라고 쓴 비석이 세워진 조그만 해수욕장이 첫 관광지였다. 바닷가에는 구경꾼보다 갈매기가 더 많았다. 일행은 돌고래 묘기장을 구경하고 서둘러 호텔로 돌아왔다.

저녁식사 후 현지 가이드와 일행 간에 회의가 열렸다. 주제는 내일 태풍이 그치지 않으면 수도시설 견학을 어떻게 할 것인가 였다. 현지 가이드는 여기까지 와서 마카오 관광을 놓쳐서는 안 된다고 강조했다.

"오후에도 출발할 수 있으며 일인당 백오십불이면 마카오 관광이 충분해요."

현지 가이드는 이목구비가 뚜렷하고 몸매가 컸다. 한국에서 홍콩으로 이주한 중년여성으로 성격이 강하게 보였다.

"이런 기회에 한번 가보는 것도 나쁜 일 아니지요. 뭐"

마규현은 주위를 둘러보며 군침을 삼켰다.

"녜, 맞아요. 이번에 안 가면 언제 또 마카오 구경하겠어요?"

현지 가이드는 당연하다는 듯 맞장구를 쳤다. 담당관은 결론을 내리지 못했다. 시.군 직원들도 담당관의 얼굴만 쳐다봤다. 일행은 마카오 관광이나 정수장 견학 둘 다 놓치고 싶지 않은 선택을 찾고 있었다. 결론을 내리지 못한 담당관은 짜증스러운 표정으로 시.군 직원들을 해산시켰다.

다음 날 아침 견학단 일행은 태풍 때문에 오전 일정이 취소되었다. 현지 가이드는 마카오 관광을 집요하게 설득했고 담당관은 정수장 견학을 포기하지 않았다. 담당관과 가이드의 의견대립으로 시.군 직원들은 오후 시간을 쇼핑으로 때웠다. 공무원의 자세를 내세우는 담당관의 끈질긴 요구로 홍콩 정수장 견학은 퇴근 한 시간 전에야 이루어졌다.

저녁식사 후 일행은 백만 불짜리 구경이라고 가이드가 입이 닳도록 설명한 홍콩의 야경에 나섰다. 좁은 오르막 산길에는 홍콩의 밤 모습을 보기위해 여러 대의 관광버스가 주차하고 있었다. 백만 불짜리라고 하는 홍콩의 야경을 놓치지 않기 위해 정상기는 관광객 사이에서 발치를 세워가며 구경하였으나 담배 생각만 간절했다. 일행의 시야 반대편으로 뒷걸음질한 정상기는 길 언덕에 앉아 담배를 가슴 깊숙이 빨아당겼다. 항구도시의 밤경치야 비슷하지 않겠는가? 생각하며 정상기는 혼자 관광버스에 올라 차창에 기대었다.

고등학교시절 낙엽이 소리 내며 휘날리는 11월의 늦은 가을 밤, 친구 집을 가기위해 영도 산복도로를 지나는 버스의 창밖으로 바라본 부산의 야경이 떠올랐다. 그날 밤의 불빛들이 지금 홍콩의 바다위에 반짝이는 듯하다.

호텔로 돌아와 여장을 풀고 몸을 씻자 마규현은 곧바로 술병을 챙겼다.

"빨리 오이라, 이거 다 묵고 홍콩 떠나야 될 것 아니가, 아직 반도 더 남았다. 집 떠나 온지 겨우 사흘인데 이렇게 허전하노? 한 잔 받아라."

마규현은 비행기 안에서 기념으로 산 위스키를 병뚜껑에 조심스럽게 부었다. 정상기가 위스키를 받아 바람소리가 나도록 마신다. 병뚜껑이 넘치도록 부어진 위스키가 마규현에게 다시 돌아갔다.

"나는 이것만 할란다. 이상하게 많이 취한다."

"그러면 컵라면이라도 드십시오."

정상기가 위스키 병과 뚜껑을 들고 마규현을 바라본다. 테이블에서 컵라면에 물을 붓던 마규현이 소리쳤다.

"이거 큰일 났다. 라면 끓이고 나면 마실 물이 없다, 전화해야 겠다."

지정된 번호를 누른 마규현이 전화기를 들고 기다렸다. 전화기 저쪽에서 한국말이 아닌 영어 목소리가 거침없이 흘러나왔다. 조금은 알아들을 것이라고 예상했던 마규현은 예상이 빗나가자 당황했다.

"…저, 헬로우…"

다시 한 번 똑같은 목소리가 전화기 저편에서 흘러나왔다. 마규현은 마음속으로 준비했던 질문을 다시 외었다.

"헬로우, 우- 워터-"

이번에는 저쪽에서 대답이 없다. 그리고 전화는 끊어졌다.

"뭐 달라고 할 때는 우드 유 프리즈, 이렇게 시작 안 합니까?"

정상기가 안타까운 눈빛으로 관심을 보였다.

"그럼 니가 한 번 해봐라."

마규현이 웃으며 전화기를 정상기에게 건넨다. 전화번호는 똑같이 다시 한 번 눌러졌다. 그러자 알아듣지도 못하는 목소리가 고장 난 라디오처럼 빠르게 쏟아졌다.

"어- 우드 유, 어- 프리즈-"

정상기가 대사를 적은 쪽지를 보며 또박또박 읽었다. 잠시 멈췄던 여자의 목소리가 다시 한 번 쏟아졌다.

"헬로우 우드 유 프리즈, 워터 기브 미."

정상기는 재빠르게 응답했다. 잠깐 동안 전화기가 멍해지더니 발신음이 끊어졌다.

"그나저나 물은 묵어야겠고 말은 안 통하고, 거 참 큰 일 났네?"

마규현이 침대에 벌렁 드러누웠다. 정상기도 팔베개를 하고 옆에 누웠다.

"아까−, 비행기에서 스튜어디스가 생수를 '내추럴 워러' 라 캤제?

천장을 보며 중얼거리던 마규현이 벌떡 일어났다.

"내가 한 번 더 해 볼게."

마규현은 전화번호를 누르고 용감하게 외쳤다.

"워러, 워러 프리−즈"

그러자 전화기 저쪽에서 사람소리가 났다.

"오− 예스"

다음날 아침 두 사람은 객실 통로 중앙에 서있는 커다란 냉·온수기를 보고 웃었다.

선진지 견학 사흘째, 태풍은 용하게도 견학단을 앞서갔다. 타이완에 도착한 일행은 가랑비를 맞으며 고궁박물관을 관람했다. 대륙에서 목숨을 걸고 가져온 박물관의 전시품은 가히 역사의 숨결을 내뿜는 듯하였다.

이튿날 견학단은 타이페이 수도공사의 정수장을 방문했다. 정수처리 과정은 한국과 별다른 차이가 없었으며 그들은 누수방지와 신속한 사후처리에 힘을 쏟았다. 상수원 확보는 하천 상류지역을 국유화하여 관리하였다.

오후에 일행은 타이완 고산지역 원주민의 문화촌을 관광했다. 마규현은 값싸고 좋은 선물을 사기 위해 가는 곳마다 제품과 가격을 따져 보았다. 판매대에 진열된 우롱차를 유심히 살피던 마규현이 고개를 기웃거리며 소리쳤다.

"어, 이거 홍콩보다 싸네?"

뭔가 낌새를 챈 정상기가 웃으며 맞장구를 쳤다.

"일본 가면 더 싸겠습니다.

호텔로 돌아오는 길에 일행은 충청도 사람이 운영한다는 농장으로 안내되었다. 녹용농장 방문이 타이완에서 마지막 일정이라 일행에게 많은 시간이 주어졌다. 그곳에는 한국말을 할 줄 아는 판매원 아가씨도 있었으며 일행이 도착하자 능숙한 말솜씨로 녹용에 대한 설명이 시작되었다. 엄지발가락 굵기의 녹용을 싹둑 자르자 피가 흘러내렸다. 순간 "야−"하는 감탄사가 터져 나오고 판매원 아가씨는 녹용 핏방울을 섞은 술잔을 손님 입가에까지 배달하였다. 녹용의 가격은 이백 불부터 오백 불까지였다.

다음날 오전 일찍 일본에 도착한 견학단은 호텔에 짐을 풀고 오사카

성을 구경할 계획이었다. '에-또'를 연발하는 조그만 체구의 가이드 아가씨는 밀양 박씨 라고 하였다.

호텔에 도착하자마자 호텔종업원과 견학단 총무사이에 실랑이가 벌어졌다. 견학단 총무가 호텔종업원에게 봉사료를 건넸으나 거절당한 것이다. 혼자 힘으로 일을 해결할 수 없자 총무는 이 사실을 도청 담당관에게 보고하였다. 그러는 사이 일행 모두가 1층 엘리베이터 입구 현장에 모였다.

출국하기 전 일행은 김포여관에서 일인당 삼십 구 만원의 공동경비를 모았다. 그 경비 중에는 숙박하는 호텔 종업원에게 봉사료를 지급하도록 계획되어 있었다. 일행 일일 일인당 일 달러씩 하루 이십 달러를 호텔 종사자에게 지불해야 하였다. 지금까지 별 탈 없이 진행되던 봉사료가 일본의 첫 호텔에서 제동이 걸린 것이다. 도청 담당관의 완곡한 봉사료 제의에도 호텔 종업원은 그럴 수 없다며 극구 사양하였다. 흐르는 땀을 닦으며 통역을 하는 가이드가 한국인의 인심을 들먹이며 봉사료 받기를 요구했지만 호텔 종업원들은 하나같이 거절하였다.

두 명의 호텔 종업원은 견학단 일행의 거듭된 제의에 마지못해 조건부 항복을 하였다. 비정상적인 일에 흥분된 얼굴을 숨기지 못한 호텔 종업원의 말을 가이드가 도청 담당관에게 전달하였다.

"저희들은 팁을 받지 않습니다. 저희들뿐만 아니라 일본의 다른 호텔에서도 팁을 받지 않습니다. 그러나 손님들이 너무 많이 부탁하므로 이번 한 번은 받겠으나 또 다시 팁을 주면 이번 것까지 모두 돌려 드리겠습니다."

"예, 고맙습니다."를 고개 숙여 말하는 한국 사람의 돈은 일본 돈 가치의 십분의 일 밖에 되지 않는다.

오사카 성에 도착하자 소나기가 내렸다. 사진을 찍다 말고 마규현이 정상기의 우산 속으로 달려든다.

"갑자기 웬 비가 이리 오네? 하늘이 성 낫는 갑다."

호텔에서부터 줄곧 말이 없던 마규현이 밋밋한 표정으로 농담을 던졌다.

"사진으로 볼 때는 크고 근사하더니만 직접 보니까 그렇지 않습니다."

정상기가 빗물을 털고 우산을 개면서 대답했다.

"아무래도 우리한테 많은 걸 배워갔으니 그 범위를 못 벗어나지, 우리나라가 중국의 그늘을 지울 수 없듯이 말이다."

마규현이 사진기를 정리하며 성 안으로 향했다.

성의 아래층에는 유물이 전시되어 있었고 위층은 시가지를 볼 수 있도록 전망대를 만들어 놓았다. 두 사람이 가파른 계단을 올라 전망대를 둘러보고 비좁은 통로를 되돌아 나오자 또 다시 소나기가 쏟아졌다.

전자상가를 쇼핑하고 일행이 저녁밥을 먹을 곳은 오사카 중심가였
다. 네온사인과 태양이 서서히 임무를 교대하는 시기였다. 마규현과
정상기는 식당 근처 도로의 다리 난간에 기대어 섰다. 다리 위로 수많
은 사람과 자동차가 지나다니건만 정상기와 마규현의 귀에는 물 흐르
는 소리가 들렸다. 두 사람은 난간을 잡고 유심히 다리 아래를 봤다.

한국 같으면 복개覆蓋하여 주차장이나 도로 같은 또 하나의 커다란
실적을 쌓았을 시내 중심가 하천에서 푸른 물이 폭포소리를 내며 흐르
고 있다. 상큼한 물 냄새까지 솟아올랐다. 마산의 하천이라면 쥐새끼
가 먹이를 찾아 재빠르게 움직여야 할 자리에 버섯모양의 하얀 색 기
구가 촘촘히 장치되어 있다.

"저기- 뭐이고?"

마규현이 좀 더 가까이 보기위해 고개를 내밀면서 소리쳤다.

"소형 폭기조 같은데?"

정상기도 다리 아래로 목을 뽑았다.

"그렇제, 나도 그리 생각했다."

악취가 코를 에워싸야 할 분위기에서 시원한 물소리와 비온 뒤의 상
큼한 물 냄새를 맡자 마규현은 한참동안 다리 아래를 쳐다봤다.

"정말 부럽다. 부러워…"

부럽기만 한 것이 아니라 정상기는 오히려 신기했다.

저녁밥을 먹기 위해 견학단은 식탁을 두고 마주 앉았다. 쌀밥과 따끈한 국이 짝을 이루어 입구에서부터 차례로 전달되었다. 늦게 도착한 마규현과 정상기는 자리가 남은 방 안쪽으로 들어갔다. 밥이 도착한 사람들은 소리가 나도록 맛있게 먹었다. 마규현과 정상기는 밥과 국이 오기를 기다리며 입맛을 다셨다. 그러나 옆 사람까지 도착한 밥이 웬일인지 더 이상 전달되지 않았다. 군침을 삼키던 마규현이 목청을 가다듬어 외쳤다.

"여—기, 아직 밥이 안 왔습니다."

전기밥솥을 지키고 있던 식당 아주머니가 고개를 돌려 마규현을 쳐다봤다. 아주머니가 가이드에게 무슨 말이냐고 묻는다. 아주머니의 목소리가 크게 들리고 가이드의 통역이 이어졌다.

"나는 분명히 스무 그릇의 밥을 다 펐어요."

방안에는 음식 삼키는 소리와 수저의 분주한 활동음만 들렸다. 가이드는 식당 아주머니에게 다시 확인하고 마규현을 쳐다봤다.

"분명히 스무 그릇을 펐다고 합니다."

그렇다면 길지도 않은 거리를 이동하면서 밥 두 그릇이 어디로 사라졌단 말인가? 범인은 찾을 수 없었고 새로운 두 그릇의 밥을 주문하는데 그 과정이 복잡했다. 추가한 두 그릇의 밥값을 공동경비로 할 것인가? 개인 부담으로 할 것인가의 선택문제였다.

"그렇게 복잡하면 제가 두 그릇 밥값을 내겠습니다."

마규현이 두 그릇의 밥값 천 엔을 내밀었다. 돈을 내민 마계장의 손을 도청 담당관이 막으며 일행에게 동의를 구했다.

"이런 일은 부끄럽지만 먹지 않은 밥값을 받을 수 있겠습니까? 밥값을 공동경비로 계산하고자 하는데 여러분 의견은 어떻습니까?"

만장일치로 밥 두 그릇을 구입하였으나 마규현과 정상기의 밥맛은 멀리 달아난 뒤였다.

호텔로 돌아오자 마규현의 흥분이 끓어올랐다.

"정 기사, 이기- 말이 되는 짓 이가? 세상에, 아무리 배가 고팠기로서니 동료의 밥을 훔쳐 먹는단 말 이가? 그것도 공무원이, 자기 시.군에서 잘난 체 하는 사람들이……"

마규현은 면세품 양주 한 잔을 털어 삼키며 분을 삭이지 못했다.

"아까, 가이드가 뭐라 쿠데. 전쟁에 패하여도 온 국민이 다시 일어서는 저력을 가진 일본을 칭찬 안 하드나. 그래 나라를 빼앗겨도 부끄러운 줄 모르고, 돈 좀 생겼다고 입, 헤- 벌리고 외국 구경 다니는 한국 놈들, 진짜- 부끄럽다. 부끄러워, 나도 어쩔 수 없는 한국 놈이지만…"

더운 날씨에 끼니를 충분히 먹지 못하는 마규현은 병뚜껑 양주 두 잔에 몸이 흔들렸다.

다음날 견학단은 일본에서 가장 오래된 교토 정수장을 방문하였다. 교토는 한국의 경주와 같은 도시이다. 정수장에는 일본 최초의 급속여과지를 보존 관리하였다.

"정말 대단하다! 백년이 다 된 여과지를 이렇게 잘 관리하다니!"

고개를 끄덕이며 마규현이 감탄사를 연발했다.

"우리나라 같으면 벌써 최신식으로 만들었을 낀데……"

뒤따르는 정상기는 질투 섞인 반응이었다.

아직도 사용할 수 있으나 효율이 떨어져 관리만 한다고 직원이 설명했다. 일본 최초의 급속여과지는 보기에도 깨끗했다. 손님이 와도 시종 변함없이 자신의 일에 전념하는 그들의 태도는 어떤 자신감처럼 보였다.

칠월 마지막 날 견학단은 동경의 미사도 정수장을 방문했다. 언제나 그렇듯 일본 정수장 직원들은 손님을 살갑게 맞이했다. 상견례에 뒤이어 커피가 나왔다. 커피를 대접하는 사람은 하얀 제복을 입은 할머니였다. 한 명은 뚱뚱했고 안경을 쓴 한 명은 체구가 작았다. 커피를 만들어 나르는 두 사람의 행동은 흔들거리며 느렸다.

탁자에 놓인 커피를 마신 일행들이 놀란 표정을 지었다. 커피 잔을 내려놓고 서로의 눈치를 살폈다.

"웬 커피가 이렇게 짜지?"

일행은 이구동성으로 수군거렸다. 가이드가 커피가 짠 이유를 찾아 해명하였다.

"커피에 설탕을 넣어야 하는데, 에-또, 일하시는 분들의 연세가 많아서 설탕과 소금을 혼돈하여 사용하였답니다. 대단히 죄송하다고 하시며 에-또, 커피를 다시 내어 오겠답니다."

일행들의 거절로 커피는 다시 나오지 않았지만 회의실은 갑자기 조용해졌다.

"아가씨들은 없어요?"

주위를 둘러보던 마규현이 가이드에게 물었다. 할머니들을 힐끗 쳐다 본 가이드가 얼굴을 붉히며 대답했다.

"젊은 사람들은 일하려가고 힘들지 않은 이런 일은 늙은 사람들이 합니다. 에-또, 이곳 일본에서는……"

동경 정수장도 침사지, 침전지沈澱池, 여과지, 실험실 등 정수 처리과정은 한국과 같고 형태도 비슷했다. 그러나 그들은 수질현상을 철저하게 기록하고 확인하며 수질개선에 힘썼다. 정상기가 일본 수돗물에서도 조류藻類의 영향으로 냄새가 나는데 왜 오존처리를 하지 않느냐고 질문하였다. 그들은 아직 연구 중이라고 대답하였다. 일본과 한국은 별다른 차이가 없다고 생각했던 일행들은 시간이 갈수록 말수가 적어졌다.

견학을 마친 일행은 기념 촬영을 위하여 정수장 본관 계단에 줄지어 섰다. 무더위 속에서 그들이 좋아한다는 한국의 특산물 마른 김을 선물하고 열흘간의 견학은 끝이 났다.

일본에서의 마지막 밤, 언제 또 이런 기회가 오겠느냐며 마규현은 오후부터 마음이 들떴다. 저녁식사 시간을 기다리고 있는 마규현과 정상기를 수도과장이 찾았다.

"두 사람, 오늘 한 잔 할 거야?"

마규현과 정상기의 기분을 알기라도 한 듯이 말하며 수도과장은 어깨에 멘 가방을 앞으로 당겼다.

"이거 술값 해."

수도과장이 내민 봉투를 마규현이 어리둥절하며 두 손으로 받았다. 봉투 속의 돈은 천 달러였다. 마규현은 아무런 의심도 하지 않았다. 수도과장의 뒷모습이 사라지기도 전에 마규현은 웃으며 오백달러를 정상기에게 건넸다.

밤 아홉시 백화점 문은 닫히고 거리는 조용해졌다.

"우리 술 한 잔 하자."

마규현이 자신 있게 정상기의 손을 이끈다. 두 사람은 노래방과 주점이 혼합된 형태의 술집을 찾다가 견학단 일행 네 사람을 만났다. 타국에서 마지막 밤이라 그런지 모두가 들뜬 기분이었다. 술집입구에서 서성이는 마규현과 정상기를 보고 돌아가자고 손짓한다.

"한국 사람들은 안 받는답니다."

문고리를 잡은 술집 출입문 틈으로 노래 소리가 새어나왔다.

"아마 종업원들이 한국여자가 많아서 그럴 겁니다."

"……"

마규현과 정상기가 멍하니 그들을 바라봤다.

항공기 연착으로 서울에서 하룻밤을 더 묵은 경상남도 선진국 상수도 시설 비교 견학단은 다음 날 오전 김해공항에서 해산하였다. 열 이틀간의 견학여행은 도청 담당관의 외침으로 마무리되었다.

"공무원 해외여행 귀국보고서를 쓸 수 있도록 각자 부여된 임무에 맞게 사진이나 참고 자료를 정리하여 일주일 안으로 제출하십시오."

마규현과 정상기는 마산으로 가는 공항버스를 탔다. 두 사람은 일행이 모였던 곳의 차창 쪽으로 앉았다. 마규현이 창밖을 보며 손을 흔든다.

"귀국 보고서가 아니라 해외여행 반성문이 맞는 말이지, 좋은 기계, 시설, 뭐 이런 것 아무리 있어도 사람의 질이 낮으면 아무 소용없는 것 아이가? 한마디로 국민 의식수준의 차이가 수질의 차이다."

공항버스 종점인 불종거리의 은행나무 가로수가 열흘 전보다 훨씬 푸르고 싱그럽다. 두 사람은 한국은행 마산지점에서 외국지폐는 환전하고 환전되지 않는 동전은 기념품으로 보관했다.

6

옥계천

사무실로 자리를 옮긴 정상기는 업무량이 예전보다 훨씬 줄었다. 현장일지, 약품 수불부 정리 같은 단순한 업무였다. 사무실 창밖의 투명한 침전지沈澱池를 바라보며 정상기는 무슨 새로운 일이 없을까 생각 중이었다.

그렇지, 페놀을 방류한 구미 공단의 선도전자와 최초 페놀 유입 하천인 옥계천을 확인해보자고 결심을 한 정상기가 실험실로 향했다. 이준성을 부르며 실험실장의 눈치를 살폈다. 이제 남의 집이 되어버린 실험실에서 정상기는 선 채로 이준성의 대답을 기다렸다. 이준성은 고압가스버너가 있는 실험대로 정상기를 이끌었다. 말없이 커피를 끓여 웃으며 정상기에게 잔을 건넨다.

정상기가 대구지역 출장계획을 말하며 함께 가자고 하였다. 이준성이 고맙다고 대답하며 혼자 가라고 웃는다. 커피를 마시는 두 사람 사이에 여과지로 넘어가는 침전수의 쿵쿵거리는 소리가 끼어든다. 정상기가 실험실 문을 나설 때까지 이준성은 말이 없다.

정상기가 일박 이일의 대구 출장을 올리자 마규현이 걱정을 한다.

"대구 쪽에서 처리 자료를 잘 보여주겠나?"

다음 날 아침 일찍 정상기는 대구로 출발했다. 대구보건연구소를 찾아 수질 조사과의 문을 두드렸다.

"이우종 과장이 어디 근무하십니까?"

안쪽 실험실에서 퍼어머 머리를 한 아가씨가 활달하게 나오다가 응답을 했다.

"부장님 말씀입니까?"

"과장이라 그러던데?"

정상기는 자신 없는 말투로 말꼬리를 흐렸다. 이우종은 정상기의 대학동창이다. 정상기는 대학원을 졸업한 이우종이 보건연구소에 취직하여 과장이 되었다는 소문만 들었을 뿐이다.

"성함은 이우종씨 맞습니까?"

"예, 이우종이, 안경 쓰고, 미남에, 키도 크고……."

정상기가 자신 있게 말하자 약한 퍼어머 머리를 한 아가씨가 친근하게 대답했다.

"그러면 부장님 맞습니다. 이번에 진급하셨어요."

진급했다는 소리에 정상기는 괜히 움츠러들었다. 정상기는 부러운 눈빛으로 부장실을 찾았다. 부장실은 이층 소장실 맞은편에 있었다.

"어, 상기야, 오랜만이다. 여기 웬일이고?"

뜻밖에 나타난 정상기를 이우종은 반갑게 맞이했다. 정상기에게 자리를 권하며 이우종이 업무용책상에서 응접의자로 옮겨 앉았다.

"지난 번 페놀사건에 대해 몇 가지 알아보려고 왔다."

정상기가 이우종의 얼굴을 살피며 조심스럽게 말했다.

"으응 그거, 수질조사과에 이야기 할 테니까 상세한 것은 네가 직접 물어봐라."

페놀사건과 관련되지 않은 듯 이우종은 쉽게 대답했다. 정상기는 허리를 펴고 응접의자에 등을 기댔다.

"그건 그렇고, 니, 친구들 뭐하는고 잘 모르제? 정태형이는 대구 환경청에 있다. 여기서 얼마 안 멀다. 또 웅찬이 알제, 니랑 하숙 같이 한 웅찬이 말이다, 화공약품상 한다. 영업하러 여기 한 번씩 온다."

대학시절 정상기의 하숙방에서 함께 포커 치던 모습을 떠올리며 이우종은 친구들의 이름을 나열했다. 정상기는 이우종의 태도에 마음이 편안했다. 이우종이 인터폰으로 누군가를 부르고 손목시계를 응시했다.

"이따가 일 보고, 점심 먹고 탁구 한 판 치고 가라. 응"

부장실로 들어 온 사람은 수질조사과에서 만난 퍼어머 머리 아가씨였다. 정상기는 퍼어머 머리 아가씨를 따라 수질조사과로 다시 내려왔다. 정상기를 힐끔 힐끔 쳐다보던 퍼어머 머리아가씨가 자기소개를 하며 친근감을 나타냈다.

"부장님 하고 동창이세요? 저는 공업화학과 80학번입니다. 선배님 얼굴도 몇 번 뵌 것 같은데……."

대학 후배라는 퍼어머 머리 아가씨는 이름이 서소이라고 했다. 정상기는 서소이의 쾌활함에 마음은 놓였으나 한편으로 자신의 질문으로 입장이 난처해지지 않을까 걱정이 되었다.

"지난 번 페놀 사건 때 여기 있었어요?"

정상기의 물음에 서소이가 정상기의 얼굴을 힐끗 쳐다봤다.

"예, 그것 때문에 오셨습니까?"

서소이는 눈치 빠르게 상황을 알아채고 차분한 음성으로 대답했다. 정상기는 단도직입적으로 물었다.

"처음 검사는 언제쯤 이루어졌어요?"

"삼월 십팔일 이후에 검사했습니다."

서소이는 외우듯 대답했다. 정상기는 서소이가 페놀사건을 상세히 알고 있다고 느꼈다.

"여기서 검사했습니까?"

"아니, 학교에서 먼저 했습니다."

서소이가 말하는 학교는 경산에 있는 그들의 모교를 말하는 것이다.

정상기는 대화가 중단 될까봐 가슴 조이며 질문을 했다.

"검사 결과는 어떻게 나왔습니까?"

"이차 때 보다 낮게 보고 됐습니다."

서소이는 이런 질문에 익숙한 듯 대답이 거침없었다. 일차 페놀사건의 유출 농도가 이차 페놀 사건의 유출 농도보다 낮게 보고되었다는 대답에 정상기가 놀라 다시 물었다.

"이차 때 보다 낮게 보고되다니?"

쾌활하던 서소이의 목소리가 자꾸만 힘이 빠졌다.

"그러니까, 일차 유입 때 검사결과는 페놀이 이미 대구지역을 지나간 것으로 판단되었습니다."

서소이의 대답은 낙동강에 방류된 페놀이 대구지역을 빠져나간 뒤에 페놀을 검사했다는 결론이었다. 더구나 낙동강 수질검사를 먼저 실시한 기관이 인근 대학교였다. 정상기는 수질검사에 관하여 자신 있게 말하던 서소이의 행동이 이해가 되었다. 수질에 관하여 지역단체의 도움 없이 모든 것을 혼자 판단하고 결정하는 정상기와는 달리 대구지역은 관련 대학교의 협조가 이루어지는 것이다. 정상기는 마산 정수장의 검사 결과와 비교할 수 있는 대구보건연구소의 기록을 보고 싶었다.

"기록한 검사자료를 볼 수 있을까요?"

친절하던 서소이는 끝내 대답을 잇지 못했다.

"그건 소장님께 허락을 받아야 됩니다."

퍼어머 머리를 한 후배 아가씨의 대답을 더 들을 수 없는 정상기가 대학 동창생 이우종 부장의 힘을 한 번 더 빌렸다. 이우종의 부탁으로 보건연구소장이 마지못해 정상기의 질문에 응했다.

"소장님, 그 당시 검사결과가 기록된 실험일지 같은 것은 없습니까?"

소장은 대답 대신 의심스런 눈빛으로 정상기를 쳐다봤다.

"그런 것이 있어도 보여줄 수는 없습니다."

소장은 이우종 부장의 체면을 생각해서 한마디 던지고 돌아섰다. 정상기는 지나간 일이며 일상적인 기록행위라고 생각하여 던진 질문이었으나 소장의 반응은 이외로 심각했다. 서소이가 정상기를 바라보며 가벼운 걸음으로 소장을 뒤따랐다.

정상기는 친구의 도움으로 생각 밖의 결과에 기분이 좋았다. 연구소 내 식당에서 이우종과 함께 점심 식사를 하고 3층 탁구장으로 갔다. 탁구장에는 소장과 서소이가 먼저 와 있었다. 정상기를 보는 소장의 눈빛이 조금 전보다 부드러웠다. 소장과 서소이가 한 팀, 이우종과 정상기가 한 팀을 이루어 복식게임을 치렀다. 열심히 탁구를 쳤지만 정상기 팀이 이. 삼 점 차로 연거푸 세트를 빼앗겨 게임은 끝났다. 이우종은 이마의 땀을 닦으며 미소를 지었다.

"상기야, 탁구 치게 한 번씩 놀러 와, 그리고 정태형이에게 가서 부족한 것 더 알아봐라. 또 연락해라."

정상기는 이우종의 아쉬운 작별인사를 받으며 가벼운 걸음으로 대구지방 환경청으로 향했다.

대구지방 환경청의 정태형은 페놀유출사건의 처리 실무자였다. 정상기와의 만남은 우연이라기에는 서로 부담스러웠다.

"이번 일로 우리 직원들 진짜 고생했다."

정태형이 먼저 안부를 전하며 정상기에게 의자를 권했다. 직원들이 출장을 갔는지 사무실에는 빈자리가 많았다.

"이번 고생한 덕에 나도 진급했다."

손으로 앞머리를 옆으로 쓸며 정태형이 함박 웃었다. 머리를 만지는 정태형의 습관은 대학교 때나 변함이 없었다. 정상기는 진급한 정태형의 직급을 자신의 위치와 비교하며 고개를 끄덕였다. 정태형이 두 계급이나 높았다. 정태형이 이우종의 전화를 받고 홀더 한 권을 책상에 올렸다. 페놀 유출 사건에 대한 처리과정 이였다.

"이게 전부다. 참고 할 것 있으면 봐라."

불룩한 홀더는 대부분 신문을 스크랩한 자료들이었다.

"이런 것 말고 너거 자체조사서류는 없나?"

정상기가 뭔가 아쉽다는 듯 정태형을 보며 물었다. 정태형이 머뭇거리며 설명했다.

"수사도 비공개였고, 종합적인 발표는 상수도 사업본부나 환경청에

서 했기 때문에 발표 수치나 검사 수치도 일치하지 않아 복사는 곤란
하다.”

정태형이 정상기에게 어렵게 들려준 대구지방 검찰청 수사실에 답
변한 내용이었다.

〈페놀은 상온에서 고체덩이고 또 조그만 옥계천에서 고농도일지라
도 낙동강 본류에서는 골고루 섞여 흘렀다는 것도 증명할 수 없으며,
마치 시냇물에 인분이 흐르듯이 똥 덩어리가 지나가는 곳은 냄새가 나
도 저 멀리에서는 그냥 물을 마실 수 있는 것과 같은 형태가 아닌가.〉

정태형이 내민 서류를 다 본 정상기가 일어섰다. 정태형이 잘 가라
고 인사한다.

되돌아가는 정상기에게 정문 기둥의 환경청 간판이 눈부셨다. 자신
의 키보다 큰 금빛 바탕의 환경청 간판을 바라보며 정상기는 한동안
뙤약볕 아래 서 있었다.

페놀유출사건은 선도전자의 페놀저장탱크가 고장 나서 발생한 사건
이다. 페놀이 고체였든 액체였든 최종적으로 낙동강에 흘러들었다. 보
이지도 않는 액체를 물 위에 떠다니는 오래된 똥 덩어리로 비교하다
니……,

정상기는 부끄러웠다. 화학사전의 페놀 첫 줄에나 기록된 원론적인

사항을 가정하여 사건을 현실화하다니?

갈 곳을 잃어버린 사람처럼 혼자 되뇌는 정상기의 발걸음이 자꾸 헛짚어졌다. 정상기는 손을 치켜들고 도움을 요청하듯 외쳤다.

"택시"

정상기는 대구시 다사정수장으로 향했다. 혹시나 하여 만들어 온 공문을 내밀고 정문을 통과했다. 정수장 확장공사는 아직껏 진행 중이었다. 관리사무실에서 무표정하게 마중 나온 직원은 김성재였다. 정상기가 2년 전 견학할 때 설명을 담당한 화공직 8급이다.

"실험실 직원들은 모두 휴가 갔습니다. 무슨 일로 오셨습니까?"

김성재는 정상기를 실험실로 안내하지도 않았다. 정상기가 자초지종을 말하며 위로의 뜻도 전달했다.

"지난 번 사건 때 페놀검사는 직접 했습니까?"

서로의 사정을 다 아는 터라 정상기가 숨김없이 물었다. 김성재가 허리를 굽혀 자동판매기의 커피를 정상기에게 내민다.

"페놀 검사야 했지요. 그렇지만 상황이 이미 종료된 뒤라 뭐, 대책이 있어야지요?"

커피를 꺼낸 김성재가 사무실 반대편으로 앞장 서 갔다. 복도 끝 창가에 두 사람은 나란히 섰다. 창밖으로 낙동강이 흐른다.

"마산은 어떻습니까?"

김성재가 굳은 눈빛으로 정상기를 쳐다봤다.

“검찰에서 다— 가져갔습니다.”

정상기의 대답에 김성재는 한숨을 내쉬며 커피를 다 마셔 빈 종이컵을 찌그러뜨렸다.

“우리는 본청 징계위원회에 회부됐습니다.”

정상기는 대답할 말을 찾을 수 없었다. 오후의 햇빛에 낙동강이 은빛으로 빛난다. 제자리가 바다에 있는 듯 강은 뒤돌아보지 않고 흘러간다.

정상기는 대구역으로 돌아왔다. 구미와 마산으로 가는 열차시간을 알아보고 이웅찬과 소주나 한 잔 할 생각이었다.

이웅찬의 화공약품상점 청정화공은 염색공단 근처 작은 도로가에 있었다. 정상기가 기웃거리며 사무실 안을 살폈다. 이웅찬의 모습은 보이지 않고 나이 든 아주머니가 사무실을 지키고 있다. 열 평 남짓한 사무실에는 책상 두 개와 응접세트 하나가 놓여있고 입구 창문 쪽으로 가성소다와 응집제가 사이좋게 쌓여있다. 정상기의 낌새를 알아차린 아주머니가 일어선다.

“여기 사장님이 이웅찬씨 맞습니까?”

정상기가 문을 밀치며 물었다. 조금 통통한 중년여인의 몸매를 한 아주머니가 그렇다고 작은 목소리를 낸다.

“저는 대학 친구 정상기라는 사람입니다.”

“아! 마산에 계신다는…….”

아는 체하는 여인은 이웅찬의 아내였다.

“예, 맞습니다. 마산시 정수장에 근무합니다.”

이웅찬의 아내는 차를 내어오고 벽에 걸린 시계를 자꾸만 쳐다봤다.

“죄송합니다. 사무실 잠깐 봐 주십시오. 아이들이 집에 올 시간이 되어서…….”

이웅찬의 아내가 미안하다며 연신 고개를 숙인다. 뒷걸음질로 사무실을 나가 집으로 내달린다.

정상기는 천천히 사무실을 둘러봤다. 다섯 시 십분 전이다. 벽걸이 선풍기가 회전하면서 연두색 점퍼에 바람결을 일으킨다. 책상 뒤편 옷걸이에 걸린 연두색 줄무늬 점퍼에 정상기의 시선이 멈춰졌다. 배추꽃을 연상시키는 연두색 춘추점퍼는 이십 년 전 대학 일학년 때 이웅찬이 입었던 옷이다. 그때를 생각하는 정상기의 입술이 웃음으로 싱긋이 벌어졌다.

이웅찬은 여섯시가 넘어서 청정화공 사무실에 도착했다. 정상기가 이곳에 오게 된 사정을 이야기하고 내일 할 일까지 말했다. 그러자 이웅찬이 책상 서랍을 열어 무엇을 찾는다.

“여기 있다. 선도전자 환경관리 담당자.”

도움이 될지 모른다면서 이웅찬이 명함을 정상기에게 건넸다. 명함을 받아 든 정상기가 넌지시 물었다.

"사업은 잘 돼?"

이웅찬은 고개를 저으며 큰소리를 내뱉는다.

"힘들어, 인맥 없이는 움직일 수도 없어."

이웅찬은 무거운 말투에 심각한 표정을 지었다. 정상기가 미안해하며 얼버무린다.

"퇴근 해. 소주나 한잔 하게"

이웅찬이 퇴근을 위해 벽걸이 선풍기 줄을 잡아당긴다. 바람결을 일으키던 연두색 점퍼가 멈추며 정상기의 마음을 흔들었다.

강의가 없는 날 이웅찬은 부모님을 돕기 위해 어김없이 고향에 갔다. 늦도록 일하다가 하숙방으로 돌아와 혼자 소주에 취해 홍시 냄새를 강하게 풍기며 돌아눕는 웅찬의 잠꼬대가 들린다.

"너희들은 몰라, 아마 모르지……, 당연히 모를 거야, 배고픔이 무엇인지? 배고픔을 면하기 위해 우리 아버지 어머니 엄청나게 일했어. 배고픔을 면하기 전에는 배고픔을 잊기 위해서 또 정신없이 일했지."

정상기와 이웅찬은 석양을 등지고 시내로 향했다. 대학시절 이유도 없이 즐겁게 거닐었던 중앙통을 서로 어깨를 부딪치면서 걸었다. 찾아든 음식점은 아직 한산했다.

"웅찬이 너는 돈 많이 벌면 뭐 할 끼고?"

"나 같은 놈한테 돈이 오지도 않겠지만 옛날부터 꿈꿔 온 것은 신분상승이야”

신분상승이란 말에 정상기가 놀라며 다시 묻는다.

“신분상승이라니?”

“뭐 그렇게 거창한 것은 아니고, 남들이 우리 집에 왔을 때 밥 한 끼 줄 수 있고 또 부담 없이 하룻밤 재워 줄 수 있는 그런 사람, 그런 능력을 말하는 거지.”

“아직 젊은 데 실현되겠지.”

정상기가 물수건으로 손바닥을 문지르며 이웅찬을 쳐다봤다.

“난 틀렸어”

이웅찬이 격하게 반응했다.

“신분상승이라는 게 쉽게 이루어지는 게 아닌 것 같아. 내 자식들은 그렇게 살리고 싶어”

이웅찬이 안주 먼저 와 있는 소주 한 잔을 가볍게 들이킨다. 정상기는 웅찬의 이야기를 더 이상 묻지 않았다.

“우리 집 수돗물에서 간혹 크레졸 냄새가 나, 그게 페놀 오염 맞제?”

이웅찬이 당근을 베어 물며 관심거리를 돌린다. 정상기가 고개를 끄덕였다.

“그래 맞다. 끓인 물에서도 냄새가 난다. 집이 아파트가?”

아파트 소리에 이웅찬의 자세가 흔들렸다.

“아직 아파트 한 칸도 없어. 일반주택 전세야”

정상기가 웅찬의 아픈 곳을 건드린 것 같아 얼른 말을 고쳐 이었다.

"그런 뜻이 아니고, 아파트는 수돗물 저수조가 커서 일반주택의 수돗물보다 냄새 같은 게 약해진다는 말이다."

이웅찬은 웃었지만 정상기는 빠르게 입을 놀렸다.

"그래도 대구는 마산보다 좋은 물 먹는다. 대구정수장은 금호강 위 지점에서 낙동강 물을 취수해서 사용하지만 마산은 대구시 하수와 논 공단지 폐수가 채 삭지도 않은 상태로 취수해야 돼."

"그러니까 높은 데 살아야지!"

이웅찬이 농담을 하며 정상기의 미안해하는 마음을 풀려고 하였지만 정상기의 직업적인 흥분이 이어졌다.

"남강 물은 양도 적고 옛날보다 유기물 오염이 심해, 황강이 있긴 해도 결정적인 도움은 안 돼. 마산 정수장은 일종의 천수장이야, 비가 오면 물이 해결되는 천수장 말이다."

이웅찬이 갑자기 손가락으로 창밖을 가리킨다.

"비 온다."

정상기가 창 쪽으로 고개를 돌렸다. 막 어두워진 거리에 점등되는 네온사인 아래로 비를 피하기 위해 인파가 흐른다. 식당 종업원이 가져온 음식을 이웅찬이 정상기 앞으로 옮겨 놓는다. 창밖에는 어둠이 펼쳐지고 이제 소나기가 거리의 주인공이 되었다. 유리창에 부딪치는 빗소리를 들으며 두 사람은 서로의 마음속을 거닐었다.

다음 날 정상기의 만류에도 이웅찬은 구미 가는 길에 동행했다. 밤새 오락가락하던 빗줄기는 그치고 물러가는 구름 사이로 맑은 하늘과 햇살이 빠르게 확장되었다. 에어컨 없이 달리는 일 톤 화물차의 열린 차창으로 고속도로의 바람이 세차게 들어왔다. 왜관 낙동강 다리를 건너자 이웅찬이 소리를 질렀다.

"부가세 말이다."

정상기가 얼굴을 이웅찬 쪽으로 기울인다. 이웅찬이 한 번 더 소리친다.

"부가가치세 말이다."

"그래 부가가치세, 이야기해라."

정상기가 대답하며 고개를 끄덕이자 이웅찬이 고속도로 통행료를 준비하면서 목소리를 높인다.

"공무원들은 부가세를 마치 공짜 돈으로 생각해. 물건 납품할 때마다 십 퍼센트, 그것도 매출액의 십 퍼센트를 당연하게 요구해."

"그래 그렇게 한다."

정상기가 구미시 입구를 바라보며 간단하게 대답한다.

"그런 계산이 어떻게 해서 산출되었는지 모르겠지만 직접 장사를 해보니까 부가가치세를 원칙대로 다 낼 수가 없더란 말이다."

이웅찬이 정상기를 힐끗 쳐다본다. 정상기도 웃으며 말한다.

“괜찮다. 말해라. 공무원이 어디 나 혼자 뿐 이가?”

“솔직히 부가가치세 십 퍼센트는 너무 많아, 분기마다 세금계산서 짜 맞추기 너무 괴롭다. 무슨 죄인처럼 세금을 내어야 되니…….”

두 사람을 실은 일 톤 화물차는 남 구미 교차로에서 낙동강을 거슬러 구미공단으로 들어갔다. 이웅찬이 정상기의 공무원 취직에 부러움을 나타냈다.

“상기 너는 다른 것 할 생각 말고 공무원 오래 해. 밥 빌어먹는 데는 공무원이 최고야.”

정상기가 지도를 보며 생각한 것 보다 구미공단은 훨씬 넓었다. 선도전자는 공단입구에서 왼쪽으로 고개를 넘어 산등성이 끝부분 옴팍한 곳에 자리했다. 도로에서 옥계천은 보이지 않았다. 두 사람은 선도전자와 공장들이 이어진 담벼락 사이의 작은 길을 따라 차를 몰았다. 작은 길 끝부분에 물웅덩이가 군데군데 만들어져있고 사이사이 차들이 주차돼있다.

이웅찬은 선도 전자에 거래실적이 없어 직원들과 친분이 두텁지 못하니 정상기에게 재주껏 일을 보라고 했다.

“관리과 환경주임 박상복”

명함에 적힌 이름을 경비원에게 불러주고 두 사람은 정문을 통과했다. 이웅찬은 관리과 사무실로 들어가고 정상기는 건물 밖에서 기다렸다. 건물 왼편, 두 사람이 일 톤 화물차를 주차한 방향에서 건축공사를 하고 있었다. 정상기는 공사 현장으로 다가갔다. 동그란 형태의 구조물 공사가 침전조 시설이었다. 공사 현장은 담장 벽에 바짝 닿아있었다. 지게차 한 대가 비좁은 공간을 들락거리며 벽돌을 옮겼다.

볼 일을 마친 이웅찬이 정상기를 불렀다. 이웅찬을 배웅하기 위해 선도 전자 환경주임 박상복이 뒤따랐다. 두 사람에게 다가온 정상기가 박상복에게 허리를 굽히며 공손하게 인사한다.

"저 공사가 오수汚水 침전조 공사입니까?"

박상복이 고개를 끄덕였다. 이웅찬이 박상복에게 정상기를 소개했다.

"앞으로 저와 같이 사업할 친구입니다."

정상기의 저돌적인 질문에 당황하던 박상복의 얼굴이 풀어졌다.

"이번에 새로 만드는 오수정화시설입니다."

박상복이 공사현장을 설명했다. 정상기가 큰 목소리로 빠르게 물었다.

"옛날 시설을 더 크게 만드는 것입니까?"

"아니, 옛날 시설은 아니고, 새로 만드는 것입니다."

"그 전에는 침전조가 없었습니까?"

정상기의 빠르고 큰 목소리에 박상복이 얼굴을 찡그리며 이웅찬을 쳐다봤다. 이웅찬이 박상복의 곤란한 답변을 대신했다.

"아 그러니까, 지금까지 오수 처리 시설이 없었는데 이번에 최신식으로 짓는다는 얘기 아니야, 이 친구야."

이웅찬이 정상기를 보며 나무라듯 대답했다. 그래도 잘 모르겠다는 듯 정상기가 또 질문을 했다.

"침전조를 만드는 것은 침전물질이 많이 생긴다는 말인데, 침전물질이 얼마나 나옵니까?"

얼굴을 일그러뜨리며 참았던 박상복이 두 사람을 내쫓듯이 소리쳤다.

"침전물이 어딨어요? 환경법규에 있으니까 오수처리장을 만드는 거지."

선도전자를 나온 두 사람은 이웅찬의 일 톤 화물차가 있는 작은 길 끝으로 되돌아왔다. 정상기는 하수구를 따라 물소리가 나는 곳을 살폈다. 두 사람이 주위를 살펴도 하수구와 연결된 옥계천은 보이지 않았다. 그러나 물 흐르는 소리는 들렸다.

정상기는 옥계천과 연결되는 도로를 찾으려고 물웅덩이 주위를 두어 바퀴 돌았다. 커다란 철문이 비스듬히 누운 고물상 앞 빈터는 도로인지 주차장인지 구분이 되지 않았다. 정상기가 조급해하며 고개를 흔들었다. 어떻게 할 것인가 두 사람이 망설이고 있는 동안 경계가 허물어진 고물더미와 산언덕의 늘어진 나무 사이로 일 톤 화물차 한 대가 잽싸게 빠져나간다.

“어!”

두 사람은 동시에 이웅찬의 화물차 문고리를 잡았다. 허물어진 고물상의 경계를 따라 좌우로 아카시아와 벚나무가 우거진 곳을 터널처럼 빠져나오자 커다란 물줄기가 한꺼번에 두 사람의 시야로 흘러들었다. 정상기가 보고 싶었던 그 옥계천이 건너편 제방을 따라 힘차게 흐르고 있다. 정상기가 추측한 것보다 강폭이 넓고 유량도 많았다. 강 언덕에 뿌리를 내린 굵은 벚나무 아래 이웅찬이 차를 세웠다.

어젯밤의 소나기로 옥계천에는 황토물이 고르게 밀려오고 고물상 뒤편으로 하수관 두 개가 매복호의 총구처럼 두 사람을 겨누고 있다.

“야아, 절묘하네. 절묘해. 저런 곳에 하수구를, 정말이지 보이지 않는 살인을 위한 총구 같아.”

이웅찬의 감탄에 정상기의 흥분된 목소리가 강물처럼 쏟아졌다.

“오폐수의 무단방류는 당연히 보이지 않는 살인행위지. 이 나쁜 놈들이, 한 번 두 번도 아니고 비만 오면 무단방류를 해. 예상 강수량이 삼사십 밀리미터 이상 되면 틀림없이 폐수를 방류하지. 그 날도 주말에다 일기예보에 한 삼일동안 비가 온다고 하니까 미리 계산해서 마음 놓고 페놀을 내뿜은 기라. 그런데 이튿날 비가 그치는 바람에 들통이 났지. 이 나쁜 놈들, 그래도 물어보면 저거만 재수가 없어 들켰다 그럴 끼라.”

정상기의 고함소리와 옥계천의 물소리로 차의 시동소리는 들리지도 않았다. 구미공단을 흐르는 옥계천은 힘찼다. 옥계천을 뽑아내는 산수 또한 아름답다. 시원하게 흐르는 옥계천을 몇 번이나 뒤돌아보며 정상기가 악을 쓴다.

"정직하지 않은 사회는 결코 스스로 발전하지 못해, 다람쥐가 쳇바퀴를 돌듯 같은 일을 되풀이하며 시간의 굴레만 뒤집어 쓸 뿐이야."

친구에게 써버린 시간을 보충하기위해 이웅찬의 일 톤 화물차가 숨가쁘게 고속도로를 달린다.

7

페놀 피해 조사

팔월의 한더위가 물러나자 페놀 피해 조사단이 구성되었다. 시민단체에 접수된 피해 사례를 가해자인 선도전자의 모회사 선도그룹과 시민단체측이 함께 확인하고 마산시에서 보증을 서는 형태였다.

피해 현장 조사에 앞서 상견례가 이루어지는 날 저녁 마산 종합운동장 근처 설렁탕집에 모두 모였다. 선도그룹에서는 패기 있고 경험 많은 과장급 직원들이 중심을 이루었고 시민단체에서는 젊은 남녀 회원들이 참가했다. 마산시에서는 수도과 직원 한 명과 신길태 그리고 정상기가 동원되었다. 신길태와 정상기는 수도과장의 지시로 차출되었다. 조사반은 3개로 구성하여 방문지역을 할당했다. 시민단체의 인솔 간부는 정상기와 낯익은 성현주였다. 저녁식사가 끝나자 시민단체회원들은 선도그룹직원들의 2차 회식제의를 거절하고 돌아갔다.

시민단체 회원들이 돌아간 뒤 선도그룹 직원과 시청 직원들은 성안

백화점 4층 주점으로 자리를 옮겼다. 아홉 시가 조금 지난 이른 시간인데도 주점의 테이블은 반 이상 손님이 자리했다. 정상기는 안경을 낀 선도그룹의 책임자 이산두와 키가 큰 동료 김종은 과장과 같은 테이블에 앉았다. 이산두가 분위기를 돋우기 시작했다.

"선도 양주 2병씩, 여기 테이블에 부탁합니다."

이산두가 나머지 테이블을 둘러보고 앉으며 정상기를 향하여 절도 있게 오른 손을 이마 높이까지 올렸다 내린다.

"정형, 의견도 묻지 않고 술을 시켜 죄송합니다. 그래도 그렇지, 우리가 누굽니까? 선도그룹의 촉망받는 젊은이 아닙니까? 어찌 우리 선도그룹 제품을 떠나서 개인을 생각할 수 있겠습니까?"

이산두는 절도 있게 손을 이마까지 올리며 테이블을 둘러봤다. 이산두는 정상기 보다 세 살이나 많았다. 옆에서 미소만 짓는 김종은 과장도 정상기 보다 네 살이나 위였다.

이산두는 건배를 외치며 다시 애사심과 자신들의 능력을 과시했다.

"저희들이 누굽니까? 선도그룹의 해결사 아닙니까. 저희들이 나서면 안 되는 일이 없습니다. 믿어 보십시오. 정형"

정상기가 이산두의 자신 있는 행동이 부러운 듯 격려를 한다.

"해결사가 왔으니까 이번 일도 쉽게 해결되겠습니다."

이산두가 이마 높이까지 절도 있게 손을 올리며 즉시 대답을 한다.

"아, 물론이지요. 조사대상이 이백 명도 안 돼요. 이왕 시작하는 것,

피해를 입은 시민들을 맨손으로 만날 수 있겠습니까? 내가 내일 보고해서 간단한 선물이라도 준비할 수 있도록 하겠습니다. 이, 이산두, 믿어 보십시오.”

그거 좋은 생각이라고 찬성하며 정상기가 이산두에게 술을 권했다. 모두가 큰소리로 건배를 외쳤다. 주점 안쪽 무대에서 화사한 조명과 함께 요즘 인기 있는 유행가가 흘러나왔다. 총소리 같은 유행가 반주가 더욱 흥을 돋운다.

다음 날 오전 조사반원들은 수도과 옆 임시 사무실에 다시 모였다. 조 편성과 조사대상자 명단 배부였다. 정상기는 젊고 비슷한 외모에 안경까지 같이 쓴 선도그룹직원과 시민단체회원 각 한 명과 두 번째 조에 편성되었다. 신길태는 선도그룹의 김동은 과장과 시민단체의 젊은 여자 회원과 같은 조였다. 피해조사는 이틀에 한 번씩 실시한다고 수도과 직원이 전달했다. 조사반원들이 다음 지시를 기다리는 동안에도 이산두는 나타나지 않았다. 정상기가 같은 조의 선도그룹직원에게 이산두의 안부를 물었다.

“어젯밤 일을 부회장님께 보고 드렸는데 부회장님이 노발대발 하시며 앞으로 한 번 더 그런 쓸데없는 소리를 지껄이면 목을 잘라 버린다고 하셨답니다.”

선도그룹의 젊은 직원이 웃으며 정상기를 바라봤다.

“부회장님께 매일 보고합니까?”

"예, 매일 전화로 보고 드리고 또 지시받고 그렇게 합니다."

선도그룹직원의 대답을 듣는 정상기는 자신의 위치가 이 분위기에 왠지 어울리지 않는다고 느껴졌다.

"오늘 이산두 과장은 안 왔습니까?"

"어- 시청까지 같이 왔는데?"

선도그룹의 젊은 직원이 주위를 두리번거렸다. 정상기가 수도과 직원에게 눈길을 멈추자 수도과 직원이 눈 꼬리를 내리며 설명했다.

"수도과장님 하고 국장실에 계십니다."

정상기의 입가에 쓴 웃음이 번졌다. 수도과 직원과 신길태는 고용원이다. 그런데 정상기는 피해 조사 내용을 보고할 곳도 보고할 것도 지시받지 못했다.

피해조사 첫 날, 정상기는 조사반원들과 석전동 한 열대어 수족관으로 출발했다. 택시 뒷좌석에는 선도그룹 직원과 시민단체 회원이 나란히 앉았다. 서른이 채 안 된 두 사람은 엉덩이를 붙이고 있어도 대화는 없었다.

옛 분수 로터리를 지나 얼마지 않아 별안간 시민단체 회원이 길가의 관공서를 보고 욕을 쏟아냈다. 파출소나 동사무소를 향해 마른 침까지 뱉었다.

"공무원이라고 다 나쁜 사람만 있겠습니까?"

듣기 민망스러운지 정상기가 점잖게 변명을 했다. 그러나 시민단체 회원의 욕지거리는 멈추지 않았다. 제 풀에 흥분하여 시장 호칭에 개새끼란 말까지 덧붙였다.

"아무리 그래도 시장에게 그런 말까지 붙이는 것은 너무 심한 것 아닙니까?"

보다 못한 정상기가 나무라자 그의 흥분이 더 심해졌다.

"당신이나 시장이나 똑같은 공무원 놈들이지, 뭐가 달라."

정상기가 택시를 세우고 고함을 질렀다.

"뭐, 이런 자식이 다 있어? 너 아니면 일 못 할까봐 그래, 다 때려 치워라. 임마, 내 혼자 다 할게."

시민단체 회원이 기다리기라도 한 듯 빠르게 대꾸했다.

"나에게 반말을 해, 가서 보고 할 거다."

"그래 반말했다. 어쩔래, 임마, 이거 진짜 확— 그만,"

정상기는 왼손으로 안경을 낀 시민단체 회원의 멱살을 잡고 금방이라도 쥐어박을 듯 오른 손에 힘을 주었다. 선도그룹 직원이 정상기의 팔을 잡아끈다. 한동안 정상기를 노려보던 시민단체 회원이 성안 백화점 쪽으로 걸어갔다.

관공서와 공무원에게 그토록 주체할 수 없는 분노를 일으킨 시민단체 회원의 뒷모습이 가로수 사이로 멀어진다. 아직 많은 시간을 가진 젊은이가 왜 남의 눈총을 받는가? 정상기는 시민단체 회원의 행동이 좀처럼 이해되지 않았다.

생각지도 못한 시민단체 회원과 정상기의 다툼으로 정상기와 선도그룹 직원은 일과의 출발점으로 되돌아왔다. 시민단체에서는 성현주가 대신하여 오후 일정을 진행한다고 연락이 왔다. 이산두의 중재로 세 사람은 운동장 근처에서 서로 머쓱한 점심식사를 하고 목적지로 향했다.

첫 번째 조사대상은 석전 삼거리에서 산복도로로 이어지는 비탈면 오른쪽의 열대어 수족관이었다. 피해 조사단이 인사를 하고 자리에 앉기 바쁘게 열대어 수족관 사장이 이야기를 꺼냈다.

"그 날 수돗물에 페놀이 들어오는 바람에 사백 오십 만원어치나 피해를 봤어요."

"일시에 고기가 죽었단 말입니까?"

갑자기 튀어나온 정상기의 질문에 성현주가 제동을 걸었다.

"아니, 공무원은 가만있어야 지요. 참관인이 간섭하면 안돼요."

성현주의 날카로운 목소리에 선도그룹직원이 필기구를 챙기며 질문을 했다.

"자세하게 말씀해 주십시오."

"그러니까, 월요일 아침에 나와 보니까 고기가 다 죽어 있었습니다."

창가에 서있던 열대어 수족관 사장은 세 사람을 천천히 둘러보며 말했다.

"페놀 때문에 그런 게 확실하세요?"

"예, 이제까지 그런 일은 한 번도 없었으니까요."

"그럼, 그렇게 보고하겠습니다."

선도그룹 직원은 바람살 받은 가오리연처럼 시원스레 지나갔다. 열대어 수족관에는 어떤 물을 사용하는 지. 수돗물을 사용할 때 염소 제거제를 사용하는지 안하는 지와 같은 원인조사는 꺼내지도 않았다. 세 사람은 아무런 증거도 없는 피해를 피해자란 사람의 말만 듣고 피해조사를 마쳤다.

다음 조사대상은 성안백화점 근처의 아파트였다. 아파트 문은 열려 있었다. 세 사람이 집안으로 들어서자 주인아주머니는 기다렸다는 듯 피해상황을 한꺼번에 설명했다.

"그때, 월요일 아침에 우리 시어머니하고 애기 아빠 보약을 다렸는데 보약을 못 쓰게 되었어요. 우리 집에는 한 번 보약을 하면 물통 같은데다가 왕창하는데 페놀 때문에 그 비싼 보약 몇 십만 원어치가 몽땅 날아갔어요."

선도그룹 직원은 상냥한지 멍한지 모를 표정으로 그 아주머니의 이야기를 듣고 있었다.

"그런데 하나 물어 봅시다."

정상기가 이상한 느낌을 참지 못하고 확인을 하였다.

"아주머니께서 월요일 아침 수돗물에 페놀이 들어있었다 그랬는데,

어떻게 알았습니까?"

야무지게 생긴 얼굴에서 잠시 눈을 멀뚱거리던 아파트 주인 아주머니는 새침하게 내뱉었다.

"어쨌든 월요일 아침입니다."

"아주머니!"

정상기는 목청을 가다듬고 현황을 설명했다.

"수돗물이 말입니다. 일반주택처럼 직수直水를 사용하는 곳은 일요일 밤이나 월요일 새벽에 페놀이 들어왔겠지만 아파트와 같이 커다란 저수조 시설을 이용하여 급수하는 곳은 적어도 하루나 하루 반 정도 늦게 가정에 도착됩니다."

아파트 주인 아주머니는 정상기의 얼굴을 쳐다보며 말없이 들었다.

"삼백 세대 가까운 이 아파트도 작은 규모는 아닙니다. 그렇지요? 그리고 보약을 물통으로 다린다는 것도 저는 이해가 잘 안됩니다."

정상기의 설명과 질문에 아파트 주인아주머니는 말없이 서 있었다. 대뜸 성현주의 날카로운 목소리가 주인 아주머니의 대답을 대신했다.

"오늘은 이만 합시다. 다른 일이 생겨서 안 되겠어요."

정상기와 선도그룹 직원은 일어섰다. 동시에 아파트 문을 나서는 선도그룹 직원의 어깨가 정상기의 몸을 밀치듯 부딪친다. 성현주는 응접실에서 아파트 주인 아주머니와 마주보며 이야기 하고 있다.

예상보다 일찍 일과를 마친 정상기일행이 수도과 옆 임시사무실에 도착하자 먼저 온 신길태가 불평을 털어놨다.

"집에 사람이 있어야 조사를 하지? 아무리 주위에 물어보고, 기다려도 신고한 사람을 찾지 못했습니다."

"받은 주소가 잘못됐다는 말입니까?"

정상기가 신길태 뒤에 선 시민단체 여자회원을 쳐다봤다. 그녀도 신길태의 말을 눈빛으로 동조하였다.

"모르지 예? 셋방 사는 사람이 많아서 그런지……."

젊은 여자 조원과 허탕을 친 하루가 미안한지 신길태가 상체를 흔들며 말끝을 흐린다.

피해조사 둘째 날 아침, 전날의 조사결과를 보고하기 위해 정상기는 선도그룹 직원과 함께 상하수국장실에 불려갔다.

"특별한 피해사항이 있던가요?"

정상기는 국장이 자신을 떠보는 듯한 기분을 느꼈다.

"예, 석전삼거리 열대어 수족관의 피해를 조사했는데 약 사백 오십만원의 손실을 봤다고 합니다."

"허허, 정 기사도 순진하기는……."

곁에 있던 수도과장이 혀를 차며 거들었다.

"그걸 어떻게 다 믿노? 그래 증거 있드나?"

"……."

"다 억지야. 보상받기위해서 거짓말하는 기라. 그래 대답은 뭐라캤노?"

"보고는 하겠다 했습니다."

상하수국장과 선도그룹 직원은 아무 말이 없었다.

"그래, 앞으로도 터무니없는 피해주장은 받아 들이지마라. 그리고 보상이 어떻고 하는 말은 함부로 하면 안 돼. 알았제?"

국장실 문을 나서는 정상기의 귓가에 수도과장의 목소리는 계속 들려왔다.

"사람들이 저렇다니까요. 조금만 틈이 생기면 자기들의 이익을 위하여 억지를……. "

수도과 옆 임시사무실로 내려오던 선도그룹 직원도 수도과장과 같은 말을 했다.

"저도 열대어 수족관 일 때문에 꾸중 들었습니다. 앞으로 보상 어쩌고 하면 개인에게 책임지게 할 거라고……"

정상기는 자신이 어떤 행동을 해야 하는지 알 수 없었다. 그렇지만 자신의 행동이 누군가에게 보고되고 있다는 느낌은 지울 수 없었다.

임시사무실에는 나머지 피해 조사 반원들이 두 사람을 기다렸다. 전번 조사 때 싸운 시민단체회원이 먼저 정상기에게 인사를 건넸다.

"죄송합니다. 제가 세상 물정을 너무 몰라서……."

정상기도 화를 내어 미안하다고 하면서 악수를 청했다. 시민단체 젊은 회원은 전날보다 행동이 많이 부드러웠다.

정상기 조의 세 사람은 새로운 기분으로 두 번째 피해조사를 위해 출발했다. 조사지역은 북마산의 오래된 연립주택 단지였다. 그러나 신고자의 거주지를 찾지 못하거나 신고자를 만나지 못하여 근처를 맴돌기 일쑤였다. 어쩌다 만난 신고자의 대답도 별반 차이가 없었다. 월요일에 페놀이 들어와 밥을 먹지 못했다는 것이다. 다시 자세한 상황을 물으면 정수장에서 수돗물을 그렇게 만들면 되겠느냐는 식으로 되풀이하였다.

일과를 마치고 세 단체의 저녁식사 모임에 앞서 정상기는 수도과에서 여비를 받았다. 특별하게 지급될 조건도 아닌 관내 출장업무인데 많은 돈이 봉투에 들어있었고 신길태의 여비도 똑같았다.

페놀 피해 조사를 실시하는 날 저녁회식은 언제나 선도그룹에서 주최하였다. 밥과 술 그리고 대화를 나누면서 친목을 다지는 순서였다. 술이 두어 잔 오가자 길게 마주앉은 회식장소는 시끄러워지고 부분적인 대화와 웃음소리가 순서 없이 터졌다.

"정 기사요. 우리 조의 아가씨는 대학생입니다. 몰랐지요?"

신길태가 날렵한 입담으로 분위기를 잡았다. 밉지 않은 외모의 신길태 옆에 앉은 시민단체 여자회원은 술기운 때문인지 남자들의 내뿜는 열기 때문인지 얼굴이 달아올랐다.

"그래 몇 학년 입니까?"

신길태 쪽으로 얼굴을 내밀며 정상기가 물었다. 신길태가 손가락을 펴 보이며 크게 소리친다.

"4학년이랍니다. 4학년"

이 말을 들은 맞은편의 이산두가 주위를 두리번거리더니 박수를 짧게 치며 일어섰다.

"아- 여러분 잠시 제 말에 주목해 주십시오. 우리 페놀 피해 조사단에 아가씨가 있습니다. 그래서 오늘 제가 중매를 서겠습니다. 어떻습니까. 여러분"

이산두가 정상기 옆에 안경 쓴 선도그룹의 젊은 직원을 가리켰다.

"김 대리, 어서 일어나라."

이산두의 즉흥적인 제안에 모두가 박수와 건배를 외치며 두 남녀를 주시했다. 뜻밖의 분위기에 두 사람의 얼굴은 아직 굽지 않은 고기 색깔보다 더 붉어졌다. 어색해진 시민단체 여회원이 신길태 뒤로 몸을 빼내어 벽에 기댄다.

"아, 말이야 바른 말이지. 결혼하는 것은 당연한 일 아닙니까? 아니 그럼, 정양은 결혼 안 할 거요?"

신길태가 친척이나 되는 것처럼 다그쳤다.

"결혼이야 하고 싶지 예. 결혼해서 아이 낳고……."

시민단체 여회원이 말꼬리를 늘이자 신길태가 또 나선다.

"아니, 결혼하면 되지, 뭐가 모자라 안 된단 말이요? 내가 보기에는 아무 문제없어 보이구마– ”

정양이라는 시민단체 여회원은 신길태의 등 뒤에서 자신 없는 작은 목소리로 대답했다.

“우리 같은 사람은 정상적인 사회생활하기가 어려워요.”

정상기가 이해할 수 없다는 듯 얼굴을 앞으로 내밀며 큰소리로 물었다.

“왜요?”

신길태는 정양의 사정을 아는지 대답이 없고 정양도 입을 다물었다. 정상기는 정양의 말에 대한 해답을 찾으려고 천장을 보며 두 눈을 깜박거렸다.

정상적인 사회활동이란 개인생활과 조직생활이 균형 있게 또는 원만하게 이루어지는 생활이다. 그렇다면 정양의 생활은 자신이 조직에 빠졌거나 아니면 조직이 자신을 얽매어 개인생활과 조직생활이 불균형하다는 것이다. 정상기는 실험실에서 데모하던 시민단체 여자회원들의 모습이 떠올랐다. 목적이 숨겨진 회식자리는 술기운과 담배연기로 시야가 흐려졌다.

“선배들의 결혼생활이 십중팔구는 실패한답니다.”

신길태가 술에 익은 자신의 볼을 정상기의 볼에 열기가 느껴지도록 가까이하며 정양의 말을 전달했다.

회식을 마치고 집으로 가는 시민단체 회원들에게 선도그룹에서 택시비가 지급되었다. 일인당 이만원이였다. 마산의 끝자락 댓거리에서 합성동 시외버스터미널까지의 택시요금은 삼천 원이 채 못나온다. 시민단체 회원들의 거절표시에도 이산두의 끈질긴 노력으로 택시비는 빠짐없이 전달되었다. 떠나는 택시에 손을 흔들고 직원들이 모인 곳으로 의기양양하게 돌아온 이산두는 절도 있는 손동작을 보이며 소리쳤다.

"돈 앞에는 장사 없어요."

그 다음 번 회식에서 시민단체의 정양은 아무 말이 없었다. 고개를 숙이고 신길태의 이런저런 이야기만 듣고 있었다. 회식을 마친 뒤 신길태가 정양의 소식을 전했다.

"전 번 회식한 날 밤 늦게까지 교육을 받았답니다."

정상기가 의아해하며 물었다.

"교육이라니요?"

"언제나 자기반성 같은 교육을 되풀이 한답니다. 특히 지금처럼 외부행사에 참석하면 더욱 철저하답니다."

의문을 떨치지 못한 정상기가 다시 물었다.

"자기반성이랍디까? 자아비판이랍디까?"

신길태가 시민단체 정양의 처지를 알고 있는 듯 대답했다.

"자아비판에 가깝겠지 예, 말하는 분위기를 보면……"

정상기가 굳은 표정으로 신길태를 힐끗 쳐다본다.

"자아비판에 가깝다면 개성은 없고 집단의 목표나 집단의식만 강조되는 것 아닙니까?"

신길태는 대답이 없다.

"그 단체들이 우리가 생각하는 것보다 훨씬 이념화, 의식화된 사람들이예요."

정상기의 말에 신길태도 반대표시는 없었다.

계속되는 피해조사의 공동수행으로 세 단체의 경계는 점차 허물어졌다. 하루 걸러 마련되는 회식은 어김없이 선도그룹이 주최했다. 그날도 회식에 앞서 수도과에서 출장여비가 지급되었다. 봉투를 받아들고 거북해하는 신길태의 안면이 붉게 물들어있다. 정상기가 확인한 내용물은 전번과 똑같은 십만 원이었다.

"이게 무슨 돈입니까?"

정상기가 수도과 직원에게 물었다.

"그냥 수고빕니다. 받아 두이소."

고용원인 그는 무엇을 숨기는 듯 얼버무렸다.

"이거, 과장님도 다 알고 있습니까?"

정상기가 다시 확인을 했다. 수도과 직원이 너스레를 떤다.

"아이고, 정 기사도, 내가 무슨 힘이 있다고 이런 돈을 만듭니까?"

신길태는 아직도 봉투를 주머니에 넣지 못하고 두 손으로 들고 있다. 여비를 전달한 수도과 직원은 자기의 임무를 정확히 수행했다는 걸음걸이로 사무실에 되돌아갔다.

정상기는 기분이 좋지 않았다. 무슨 출장비가 직급 구분도 없고, 수령인 도장도 필요 없이 지급되는가? 정상적인 예산지출이 아님을 느낄 수 있었다. 신길태도 정상기와 같은 대우를 받는 것이 부담스러워 입을 열지 못했다.

저녁식사가 끝나기도 전에 선도그룹의 책임과장 이산두가 소리를 치며 분위기를 띠운다.

"우리 선도그룹이 그렇게 작은 회사가 아닙니다. 이 정도 가지고 끄떡없으니 여러분 마음껏 드십시오. 아— 정형, 한잔 하십시오."

오늘따라 이산두의 행동에 유달리 자신감이 넘쳤다. 빈 술병이 두어 개씩 모여 자리를 차지하자 정상기 조의 시민단체회원도 입을 들썩거렸다.

"돈이 좋긴 좋은 모양이에요."

"그게 현실 아닙니까?"

정상기가 웃으며 거들었다.

"우리 여기 출장 오는데 두둑이 가져왔습니다. 한마디로 일발격뭡니다. 우리가 누굽니까? 선도그룹 해결사 아닙니까?"

이산두는 술자리를 기분 좋게 흥분시키고 있었지만 그의 말투에서 어떤 일이 해결되었다는 암시를 강하게 풍겼다.

"한 잔 하세요."

같은 조의 젊은 시민단체회원이 정상기에게 술을 권했다. 술잔을 비운 젊은 시민단체회원은 어두운 창밖으로 시선을 보내며 중얼거렸다.

"그 소문이 맞구나. 돈 삼천만원이……."

"무슨 얘기입니까?"

정상기가 다가앉으며 관심을 나타냈다.

"아니요. 돈이 좋다고요."

젊은 시민단체회원은 발언을 망설이는 눈치였다.

"괜찮습니다. 말 해 보이소. 이제 만날 날도 얼마 남지 않았는데 무슨 일이야 나겠습니까?"

정상기의 관심에 이끌렸는지 아니면 불만을 털어놓았는지 시민단체의 젊은 회원은 언성을 높였다.

"삼천만원 받은 거, 우리가 다 알고 있는데 간부라는 놈들은 우리에게 말 한마디 안 해요."

정상기는 더 거들어 줄 말이 없었다. 회식을 마치고 귀가하는 시민단체 회원들에게 어김없이 택시비는 쥐어졌다. 예전처럼 시끄러운 거절의 음성도 없이 어둠 속에서 조용히 전달되었고 출발하는 택시의 문 닫는 소리만 차례로 들렸다.

다음 날 정수장으로 출근하는 정상기의 머릿속은 내내 헝클어졌다. 마규현은 시청에 갔는지 통근버스에 타지 않았다. 계장님은 선도그룹

에서 얼마나 받았습니까? 그러면 사실대로 말을 할까? 아니면 믿을
수 있는 행동이 나타날까? 정상기는 차창에 어깨를 기댔지만 마음은
여러 곳을 떠돌아다녔다.

　시청 상하수국장의 결재를 마치고 마규현은 열 한 시가 조금 넘어
정수장에 도착했다. 정상기가 마규현의 얼굴을 살폈다. 마규현은 기분
좋은 표정이었다. 정상기가 마규현의 소매를 끌고 사무실 출입구 벽
쪽으로 갔다. 정상기가 마규현의 얼굴을 빤히 쳐다봤다.

　"선도그룹 돈, 어디까지 받았습니까?"

　"나는 안 받았다."

　마규현이 정색하며 대답한다.

　"그러면 소장님은?"

　의심을 떨치지 못한 정상기가 다시 물었다.

　"나도 이상한 소문이 도는 것은 알고 있다만 그게 사실이구나."

　"시장이 1억 받았다는 소문 말입니까?"

　마규현이 물끄러미 정상기를 쳐다봤다.

　"소장님은 내가 직접 알아볼게."

　마규현이 소장실로 달려가도 대답은 똑같을 것이다. 정상기는 부질
없는 행동을 보인 것 같아 허탈해졌다.

　정상기는 갑자기 자신의 위치가 자동차 바퀴 같은 신세라고 여겨졌
다. 바퀴에는 방향을 선택하거나 속도를 조절하는 능력이 없다. 단지

그 기능을 수행할 수 있는 명령체계만 연결되어있다. 바퀴는 부지런히 굴러도 자동차의 운행목적이나 남은 거리마저 알 수 없다. 그저 구르기만 하면 된다. 출발하고 정지하는 기능도 운전수의 조작에 의해서만 가능하다. 바퀴는 어디든 잘 굴러야 한다. 구르는 기능이 다하면 언제나 교체할 수 있기 때문이다.

정상기는 자신의 신세가 자신이 가는 길을 볼 수도 없이 구르기만 하는 자동차 바퀴와 닮았다고 생각했다. 정상기는 두 손에 힘을 주어 책상을 짚고 일어섰다. 구르는 바퀴의 기능마저 멈춰버린 이준성을 생각하며 실험실로 향했다. 이준성의 목소리와 커피향기를 미리 느끼며 미소를 흘렸다.

추석이 가까워지고 아침저녁으로 찬바람이 일었다. 피해조사도 막바지에 이르러 산복도로 위쪽 몇 군데만 확인하면 끝이다. 정상기와 신길태는 하천 길을 따라 산 쪽으로 올라갔다. 하천 양편으로 난 둑길 아래 구멍과 구멍에서 하수가 쏟아진다. 하천 바닥의 퇴적된 오물에서 역한 냄새가 솟아올랐다. 순간적으로 호흡을 멈추게 하며 피어오르는 후끈한 증기, 신기함과 더러움을 한 몸에 지니고 쏘다니는 쥐, 더 많은 주차공간을 확보하기 위하여 복개되는 하천도로에는 자동차들이 코를 박고 누워있다. 정상기는 자기도 몰래 얼굴이 찌부러졌다. 어릴 적 고향냄새를 맡을 수 있는 도심 하천은 이제 이룰 수 없는 우리의 꿈이 되는가? 마산보다 더 복잡하고 현란한 오사카의 밤거리를 가로지르는 다리아래에서 시원한 물소리가 머릿속에 울려나온다. 오사카의 도심 하천을 넋 빠지게 바라보는 자신의 생각에 정상기는 짜증이 났다.

"정 기사요, 다 왔습니다. 저는 이쪽으로 갑니다."

신길태가 인사를 하고 뒷모습을 보인다. 두 눈을 비비며 정상기는 피해자 주소를 다시 확인했다.

"이성수씨 계십니까?"

길가의 미닫이 대문을 열자 방문이 딱 막아선다. 햇빛이 깔린 좁은 방에는 젊은이 혼자 방바닥에 앉아있다. 장롱 같은 가구도 없다.

"그때 페놀로 인하여 어떤 피해를 보셨습니까?"

시민단체회원이 먼저 질문을 했다. 낯선 사람의 방문 때문인지 햇빛 때문인지 젊은이는 눈을 바로 뜨지 못했다.

"물에서 냄새가 나고 혹시 임신한 아내에게 이상이 생길까봐 겁이 났습니다."

"그 날자는 기억나십니까?"

정상기가 짬을 놓치지 않고 나섰다. 젊은이는 눈을 비비며 대답했다.

"월요일 아침이지요."

"수돗물은 그냥 먹습니까?"

얼굴을 붉히며 정확한 눈길을 찾지 못하는 젊은이가 짜증스런 표정으로 말했다.

"그런 일이 생기면 우리 같은 사람은 불안하지요. 솔직히 기분 나빠요."

나가달라고 느낀 듯 선도그룹직원이 재빨리 질문을 했다.

"특별히 다른 할 말은 없으세요?"

"……"

조사단 일행이 문 밖으로 나서자 창문아래 놓인 네모난 플라스틱 화분의 봉숭아가 햇살에 나란히 고개를 숙였다.

일행은 그 길을 따라 다음 피해 신고자의 집을 찾아 나섰다. 조금 위로 가다가 오른쪽으로 난 골목 어귀에서 할머니 여러명을 만났다.

"이 근처에 오철용씨 댁이 어딘지 아십니까?"

정상기가 피해자 명부를 덮으며 크게 묻는다.

"우리 집이요."

키가 큰 할머니가 기다렸다는 듯 빠르게 대답했다. 할머니들은 정상기 일행을 눈여겨보고 있었다.

"아, 그렇습니까. 안녕하십니까? 저희들은 시청에서 페놀피해조사 때문에 나왔습니다. 이 분은 선도그룹직원이고, 이 분은 시민단체회원입니다."

인사가 끝나자 할머니들이 이구동성으로 불평을 쏟아낸다.

"그─ 제발, 전화 좀 하지 말아요."

"폐놀이고 뭐고, 전화 때문에 사람 살 수가 없어."

할머니들은 손을 하늘로 향해 흔들며 달려들어 찌를 듯이 소리를 질렀다.

"밤이고 낮이고 전화하는 바람에 도대체 사람이 잠을 잘 수가 있나?"

"금방도 우리, 전화 받고 나왔어."

할머니들에게 둘러싸인 정상기가 영문을 몰라 되물었다.

"예-, 무슨 전화가 온 단 말입니까?"

"거- 뭐-, 단첸가 하는 데서 같이 안 왔어요?"

다 알고 있다는 듯한 할머니가 찬찬히 일행을 둘러보았다.

"아- 저기 있네, 저 총각도 여기 몇 번 왔어."

손가락질을 받은 시민단체의 젊은 회원은 저만치 물러나 있었다. 정상기는 그때서야 모든 것이 시민단체의 연극인 것을 깨달았다.

"그래도 여기 신고하신 분들은 피해조사를 해야 합니다."

"아- 그 까짓 냄새 좀 났다고 사람이 죽나? 수돗물은 벌써 다 흘러갔는데, 조사는 무슨 조사?"

안경을 쓰고 체구가 퉁퉁한 할머니가 빠르게 고함을 쳤다.

"아이구 살살 이야기 해, 아이 깨겠어."

말없이 섰던 키 큰 할머니가 손사래를 치며 조용히 말하라고 부탁을 한다. 등 뒤로 열린 대문 안 쪽 조그만 화단에는 앵두나무 한 그루가 귀를 세우고 주인 할머니를 바라보고 있다.

"우리 집에도 아들 이름으로 피해신고를 했는데, 그 날 아침밥에 냄새가 나서 이상하다고 생각했지만 우리 같은 사람이 페놀이니 뭐 그런 것까지는 알 수가 없고 그냥 밥을 먹었지, 그러고 나니까 텔레비전이랑 신문에서 난리가 나데. 혹시 우리 식구들 탈은 없을까? 걱정했는데 지금까지 별탈은 없어, 그런데 가로 늦게 보상이다 피해조사다 하면서 이 난리를 쳐서 사람이 귀찮아 살 수가 없어, 시청이고 시민단체고 간에 시민을 위한다며 요란만 떨지 말고 앞으로 이런 일이 없도록 수돗물 잘 만들면 되는 기라."

할머니는 연신 고개를 대문간 안으로 기웃거리면서 혹시 손자의 울음소리가 들리지 않을까 신경을 썼다.

"그래 저 할매 말이 내 말이라, 우리 같은 늙은이도 좋은 물 마실 수 있도록 젊은 사람들이 잘 해주면 뭘 더 바라겠나?"

선도그룹직원도 시민단체 젊은 회원도 아무런 대답이 없었다. 마산 시내가 훤히 내려다보이는 산꼭대기에서 할머니들은 손자를 보며 일 나간 자식들을 기다렸다. 무학산을 넘어야만 하루를 만드는 가을해가 쉬지 않고 하늘을 가로지른다.

그날 밤 정상기는 살인을 방조한 시민단체를 처벌해야 한다는 고발장을 썼다.

〈91년 3월 중순 구미공단의 선도전자가 오수(페놀)를 무단방류하여 낙동강을 오염시키는 사건이 발생하였습니다. 이는 공중위생법 및 환경보전법을 어겼음은 물론 낙동강을 상수원으로 하는 천만 영남지역 주민의 몸과 마음을 모두 해치는 행위였습니다. 평소에도 무단방류를 일삼아 낙동강을 수돗물로 사용하는 지역주민들을 소리 없이 살해하는 범법행위를 한 선도전자의 페놀 무단 방류 사건을 빌미로 마산 시민단체연합은 낙동강 수질개선이라는 목표아래 연일 시위하였습니다. 그러나 마산 시민단체연합은 상수도 요금감면, 선도그룹제품 불매운동 등의 구호를 외치며 페놀피해자 조작과 조사 등 낙동강 수질 개선과는 무관한 행동을 하며 급기야 보이지 않는 살인행위인 오폐수를 무단방류한 선도그룹의 금전적 지원까지 받은 사실이 드러났습니다. 이런 불필요한 행위를 위하여 시민과 공무원을 동원시켜 직간접적으로 시민에게 피해를 끼친 마산 시민단체연합을 처벌토록 고발합니다.〉

정상기는 밤새 잠이 오지 않았다. 환경문제는 너의 문제와 나의 문제를 넘어 모두의 문제인데도 왜 서로 나뉘어 싸우고 또 숨기려하는가? 빈 실험실에서 맑은 물 공급이라는 사명감에 혼자 발버둥 친 자신을 생각하니 우스웠다.

다음 날 퇴근길에 성현주가 기거하는 가톨릭 여성회관을 찾았다. 열린 출입구를 들어서자 이층 사무실 건물 오른편에 하얀 성모상이 정상기를 바라본다. 성모상은 정상기가 보았던 크기보다 작아보였다. 발치에는 때늦게 꽃을 피운 장미가 넝쿨을 출입구 쪽으로 뻗고 있다.

성현주는 사무실에서 여성회원 두 명과 함께 있었다. 이외의 방문객에 성현주가 하던 일을 멈추었다. 두 사람은 건물 입구 계단에 한 발의 거리를 두고 앉았다. 사무실의 형광등 불빛이 다하지 않은 석양 때문에 두 사람의 그림자를 강하게 만들지 못했다. 그러나 성모상은 옥색을 띠며 선명하게 빛났다.

"시민단체의 대표인 당신을 고발하려 왔습니다."

정상기의 행동에 어이없고 가소로운 표정을 지으며 성현주가 목소리를 높였다.

"내가 왜 고발을 당해야 해요. 그리고 당신이 뭔데 우리를 고발해?"

정상기가 손을 가볍게 떨며 눈을 부라렸다. 품속의 고발장을 꺼내 들었다. 성현주가 지켜보다 피식 웃는다.

"살인 방조죄요. 살인 방조"

뜻밖의 말에 성현주의 안면이 굳어졌다.

"살인 방조요?"

정상기가 크게 헛기침을 두어 번하고 설명을 한다.

"폐수, 오수의 무단방류는 보이지 않는 살인행위입니다. 그런 살인행위를 빌미로 시민들에게 피해보상 한다며 연극을 한 당신들은 사기

꾼이며 살인 방조자가 아니고 뭡니까?"

성현주의 눈빛이 안경 속에서 번쩍였다.

"죽기는 누가 죽어요?"

정상기가 벌떡 일어서 계단을 내려와 성현주를 마주보며 똑바로 섰다.

"사람이 눈앞에서 죽어야만 살인입니까? 폐수나 오수의 무단방류로 인하여 서서히, 조금씩 시민들이 보이지 않게 죽어가는 것도 살인이나 마찬가지입니다."

성현주는 정상기와 더 이상 말하기 싫어 엉덩이를 털며 일어섰다.

"쓸데없는 소리 하지 말고 돌아가세요."

정상기가 빠르게 계단을 올라 성현주를 막아섰다.

"선도그룹에서 삼천만원의 지원금을 받은 것은 무슨 이유입니까?"

성현주가 정상기를 획 밀치며 고함을 질렀다.

"이 사람이 , 지금 무슨 말을 하는 거야? 당신, 고발당해야겠어?"

정상기는 한걸음에 두 계단을 올라 성현주 곁에 붙었다.

"꼭 사람이 죽고, 돈 받은 증거를 밝혀야 양심의 소리를 할 수 있겠소?"

정상기를 밀칠듯하던 성현주의 팔이 맥없이 쳐졌다.

"도대체 당신이 바라는 게 뭐요?"

정상기는 꺼내든 고발장을 성현주에게 내밀었다. 성현주는 고발장을 쳐다보지도 않고 정상기의 눈만 뚫어지게 바라봤다.

"이번 같은 오염행위도 벌을 받아야 마땅하지만 공해문제는 모두가 함께 해결해야 될 문제이지 한 두 사람의 힘으로 해결이 어렵습니다. 그런데도 오염문제, 공해문제를 객관성이나 전문성도 없이 개인이나 단체의 잘못만 부각시키려고 행동하는 당신들의 태도가 너무 괘씸하다 이겁니다. 이 고발장을 당신의 양심으로 경찰서에 접수하십시오."

정상기가 성현주를 돌아서 고발장을 성모상 발치에 놓았다. 현실과 원칙의 괴리를 메울 수 없는 괴로움에 성현주의 얼굴이 일그러지며 목소리가 떨려 나왔다.

"원칙이 생존을 앞설 수 없어요."

팔 년 전 결혼과 함께 믿음이 냉담으로 변해버린 정상기가 성모상 앞에서 성호를 긋고 고개를 숙인다.

8

사직서

시월 넷째 주 월요일 이준성은 출근하여 서류 캐비닛도 열지 않고 창가에 섰다. 침전지沈澱池를 감싼 시월의 하늘이 눈부시다. 고압가스 버너는 삼발이 아래에서 소리 없이 식어있다.

"이 기사님, 저 갑니다."

정수계로 자리를 옮기는 김정미가 얼굴을 붉히며 인사를 했다. 이준성이 돌아서서 커피 한 잔 하라며 고압가스 버너에 불을 붙인다.

지난 주 회원구청 위생 감시계로 승진 발령 난 정상기의 자리에 김정미가 가는 것이다. 사무실의 정수계와 수질 실험실과의 거리는 이준성의 큰 걸음으로 열 발이 될까 말까한 거리이다. 동료들의 인사발령에 혼자만 실험실에 남을 것 같아 이준성은 서러웠다. 신길태도 관리계 근무로 사실상 내정되었고 실험실에는 2명의 연구사가 채용되었다.

사무실에 인사부터 하고 오겠다며 김정미가 다 된 커피를 두고 실험실 문을 나선다. 커피를 젓는 김숙영이 흘러내리는 안경을 자꾸만 붙잡는다. 창밖에는 네 개의 침전지沈澱池가 어제와 똑같이 사이좋게 누워있다. 곧 오겠다는 김정미의 커피가 식어가며 색이 흐려졌다. 이준성과 김숙영이 김정미의 커피를 드라이 오븐에 넣고 캐비닛 옆의 제자리로 돌아왔다.

첫 캐비닛에는 분홍빛 보자기가 풀어진 채 놓여있다. 검찰에 제출한 페놀사건 서류이다. 실험실로 되돌아 온지 보름이 지나도록 정리되지 않고 있다. 분홍빛 보자기의 서류는 정상기, 이준성의 열정과 노력의 흔적이다.

실험실장은 수질연구사가 일반직보다 직급이 높다고 하며 이준성의 자리를 김숙영과 같은 위치에 배치했다. 며칠 뒤면 두 명의 연구사가 더 근무하게 된다. 새로운 직원을 위하여 실험실장은 캐비닛을 정리했다.

"페놀사건이나 이전의 서류는 우리와 상관없으니까 폐기하도록 따로 모아두세요,"

이준성은 정상기와 김정미가 생산한 서류들을 재빨리 꺼내어 자신의 캐비닛으로 옮겼다. 연구사들이 손대기 전에 차근차근 정리했다. 수질개선에 대한 정상기의 목소리와 김정미의 미소가 문서 사이사이에서 피어나온다.

실험실장은 걸핏하면 정상기의 수질업무 처리사항에 대해 시비를 걸었다.

"그 사람, 맹랑한 사람입니다. 안전 검증도 안 된 이산화염소를 사용하도록 보고한 것을 보면 약간 정상은 아닌 듯해요."

정상기를 욕할 때면 실험실장은 이준성을 쳐다보며 일어섰다. 그리고 보일 듯 말 듯 한 미소를 지으며 이준성의 뒤로 슬며시 자리를 빠져나갔다.

"정상기 그 사람, 깨끗한 체 해도 돈 많이 먹었을 거요. 혼자서 한 해 약품비를 5억이나 집행하는데."

실험실장은 싱긋이 웃으며 이준성을 뒤돌아본다. 이준성은 책상에 펼친 책만 말없이 내려다보고 있다. 실험실장이 나가면서 밀친 출입문이 순간의 여유를 두다 큰소리를 내며 닫힌다. 기분 나쁜 여운이 바람처럼 실험실 안으로 밀려온다.

이준성은 고압가스버너가 서있는 실험대 창가로 갔다. 창밖을 보고 열중쉬어 자세를 취했다. 발뒤꿈치를 두어 번 올렸다 내렸다하며 눈을 감았다. 사이좋게 드러누운 침전지沈澱池 사이를 함께 거니는 정상기의 목소리가 들린다.

"이 기사, 오늘 물 좋-다."

출근하면 이준성은 고압가스버너가 서있는 모서리 실험대 창가에서 한동안 침전지沈澱池를 바라보았다. 세균배양기가 있는 반대편 실험대에서 김숙영은 독일제 간이 비색기를 꺼내어 페놀검사를 한다. 시료에 약한 페놀 반응이 나타나자 정상기의 큰 목소리가 들린다. 옆에 선 김정미의 홍조 띤 얼굴도 나타났다. 김숙영은 비색기 검사 튜브를 뚫어지게 쳐다봤다. 페놀이 낙동강 물에 다시 흘러들어도 떠난 동료들은 돌아오지 않는다. 그날 이후 지난 일이 그리울 때면 김숙영은 페놀 검사를 했다.

간부회의를 마치고 온 실험실장이 이준성을 찾았다.

"이 기사, 커피 한 잔 하지요."

실험실장은 침전지沈澱池가 보이는 창을 등지고 커피를 마시며 잔 너머로 이준성을 힐끔거렸다.

"이 기사, 어디 돈 좀 만들어야겠는데, 직원들 인사이동에 따른 회식비도 필요하고……, 이 기사가 그 기, 이산화염소 공장에 가서 구해오면 안될까?"

이준성은 대답대신 커피 잔을 자동세척기에 담그고 제자리로 돌아왔다. 이산화염소 공장을 가기위해 수도전 관말 잔류염소 측정 출장을 결재올리고 실험실을 나왔다.

비탈진 정수장 입구를 내려가며 두 팔을 뒤로 젖히고 심호흡을 했다. 뛰어오르고 싶을 만큼 가을하늘이 푸르다. 마산으로 가는 완행버스는 길가에서 손을 들면 언제나 가까이 멈췄다.

회원구청 위생 감시계로 발령이 난 정상기는 밤낮없이 바빴다. 신설된 위생 감시계의 업무는 이름처럼 위생업소의 불법을 감시하는 것이다. 특히 유흥업소는 자정을 넘겨 영업을 못하도록 법률이 개정되어 단속이 강하게 이루어졌다.

위생 감시계장은 허지우였고 초임이었다. 앞 단추가 두 줄인 양복을 즐겨 입으며 뒷머리는 장발이다. 출근하면 임시구청으로 사용하는 종합운동장의 푸른색 그라운드와 햇살이 들어오는 창을 등지고 전화를 했다.

"아− 예− 예, 선물 잘 받았습니다. 그렇지요, 난이 괜찮아 보이네…"

책상 위에는 진급을 축하하는 난화분이 비좁게 얹혀있다. 허지우가 머리를 숙이면 닿을 만 한 자리에 여러 개의 보랏빛 꽃이 매달린 화분이 있다. 보랏빛 꽃은 원피스를 단정하게 입은 여인의 모습이다. 마치 손님에게 봉사하기 위해 고개 숙이고 차례를 기다리는 유흥업소 종업원 같다.

"아, 예, 헤헤헤− 저녁때 만나지 뭐, 선물 고마워요. 어− 허"

'너 거 계장, 사람 직인다. 쿠더라.' 귀 띔 하던 목소리가 정상기의 머리를 짓눌렀다.

불법 심야 영업 단속은 밤 열한 시 사십오 분까지 합성동 옛 경남신문 맞은 편 양과점에 집결하여 시작된다. 단속반 인원점검은 자정까지 마치고 열두 시 십오 분에 호각을 불어 단속의 시작을 알린다. 그러나 행동으로 옮기지는 않는다. 그동안 업소에서는 불을 끄고 남은 손님들을 모두 밖으로 내보내야한다. 동시에 밖으로 내몰린 손님들은 순식간에 거리를 채운다. 몸을 주체 못하는 동료를 부둥켜안고 주저앉은 사람, 못 다 푼 흥을 마저 발산하는 어깨동무, 신속과 안전을 보장하며 손님을 부르는 택시들의 숨 가쁜 엔진소리, 자정의 밤거리는 그야말로 장관이다. 누구나 휩싸이고 싶은 역동적인 인파이다.

열 두 시 삼십 분

"어이 이층, '황진이' 불 꺼, 불 끄란 말이야."

뒤처리가 늦은 업소에 일차 경고가 시작된다.

"대한정, '대한정' 은 아직 불 안 끄고 뭐 해?"

호각소리가 시간을 가르고 채 삼십 분도 못 되어 거리는 텅 빈다. 단속대상이 아닌 약국과 양과점의 불빛만 깜박인다.

"할머니도 마치세요."

이동식 김밥장수 할머니다. 허기를 채우지 못하고 쫓겨난 손님들이 선 채로 김밥을 집어삼키는 무허가 판매업자인 것이다.

새벽 한 시 십분 전

이제부터 세부적인 단속이 시작된다. 안으로 문을 잠그고 불빛이 새어나가지 못하게 하고 변칙을 일삼는 업소들을 찾아내는 것이다. 단속반은 2개조로 나뉘어 한개 조는 시외주차장 뒤를 지나 큰길 건너 마산역을 거쳐 지하도 까지 감시하고, 나머지 조는 옛 헌병대 자리를 돌아 수출자유지역 후문을 지나 마산역 지하도에서 서로 만난다. 인원점검과 근무상황에 이상 없음을 확인하고 정상기가 해산을 소리친다. 퇴근 방향이 같은 직원들이 길을 나누어 택시를 잡는다. 잘 가라고 인사하며 헤어지는 거리의 시계탑은 새벽 3시를 가리킨다.

오전 오후로 나누어 출근하는 위생 감시업무의 서류는 형식과 내용을 분류하지 못하고 캐비닛에 옮겨진 대로 쌓여있다. 출근한 위생 감시계장 허지우의 업무는 회전 의자로 주위를 둘러보면서 전화하는 것으로 시작된다.

"여보세요, 아- 환경위생과 허 지 우입니다. 아- 예, 오늘 점심 되겠습니까? 아- 그러면 저녁은 어떻습니까? 아- 예, 예."

오전이든 오후든 사무실에 자리하면 허지우의 전화는 되풀이 되었다.

"여보세요? 아- 예, 예. 오늘 식사되겠습니까? 아- 예, 예 감사합니다."

통화를 마치면 출장명령부에 출장을 기록하고 일어섰다.

"아- 허허허, 정 주임, 나 출장 간다. 아마 퇴근 전에 못 올 거야. 그럼, 수고"

허지우는 차석인 정상기를 정주임이라 불렀다. 구청에서는 정상기의 호칭이 정 기사에서 정 주사로 바뀌었다. 사무실 밖으로 사라지는 허지우를 바라보는 다른 계장들에게 무슨 전화를 그렇게 하느냐고 정상기가 물었다.

"정 주임은 아직 모르는 모양이지, 허 계장은 마산 유지 아닌가?"

유지란 말뜻이 허지우가 발이 넓은 사람인지 돈이 많은 사람을 뜻하는 것인지 정상기는 정확히 알 수 없었다.

"아까 건 전화는 어디에 한 것입니까?"

관리계장과 위생계장이 걱정스런 눈빛으로 정상기를 쳐다봤다.

"허, 허- 검찰청이요."

"……"

출근하면 햇살을 등지고 회전의자를 조금씩 돌려가며 허지우는 전화기를 붙잡았다.

"점심 되겠습니까? 아- 헤헤헤, 그러면 저녁은, 아- 예, 헤헤헤, 뭐- 오늘만 날입니까? 예, 예. 다음에 뵙겠습니다."

허지우의 회전의자 돌리기가 증가할수록 계원들은 쇠창살문이 내려진 주경기장 후문 출입구 햇볕에 자주 모였다. 나란히 쪼그려 앉아 담배연기를 녹색 그라운드로 길게 뿜어냈다.

정상기에게 길가의 포장마차나 노점상의 좌판을 뒤집어엎을 권한은 있어도 그들을 먹여 살릴 수 있는 능력은 없다. 늦가을 햇볕 속 은행나무 가로수가 세상을 온통 황금빛으로 물들이는 오후에 정상기는 고발된 퇴폐 이발소를 단속하기위해 지하계단으로 뛰어들었다.

자인서를 쓰는 사장의 태도를 보면 허지우가 돈을 받았는지 안 받았는지를 알 수 있다. 허지우는 위생업소 불법영업의 단속 책임자가 아니라 수금 담당자였다. 사장의 지장이 아무렇게나 찍힌 자인서를 들고 정상기는 지하계단을 벗어났다. 아직 푸른색이 남은 맑은 빛의 은행잎이 바람에 떨어져 길모퉁이에 쌓여있다. 소복이 모인 은행잎을 정상기는 밟지 않고 뛰어 건넜다.

그날 저녁 정상기는 이준성의 전화를 받았다. 헤어진 지 한 달 만이다.

"아이고, 이 기사, 오늘도 양질의 정수생산에 얼마나 수고가 많으십니까?"

정상기가 자신이 하는 업무의 괴로움을 실토하며 이준성의 손을 굳게 잡고 흔들었다.

"정 기사님, 반갑습니다."

만남의 즐거움이 알코올에 채 녹기도 전에 이준성은 가슴을 열어 재꼈다.

"제─ 그만 둘랍니다."

"예에─ 그게 무슨 소리입니까?"

정상기는 놀란 표정으로 이준성을 바라봤다. 말없는 이준성의 얼굴에서 그의 쌍둥이 두 딸과 아내 정해금의 창백한 얼굴이 겹쳐졌다.

"사무실에 가도 아무런 즐거움도 없고 그렇다고 앞으로 더 좋아질 것 같지도 않습니다. 조금씩 준비한 법원직 시험에 한 번 매진하고 싶습니다."

이준성은 천천히 말하며 자신 있는 표정을 지었다.

"아-니. 장- 같은 공무원 할 계획이면 그만 두지 마이소. 근무하면서 공부하면 될 거 아닙니까?"

정상기는 큰 목소리로 분명하게 반대의사를 보였다. 직을 바꾸어도 지나간 시간만큼은 보상받을 수 없다며 이준성의 마음이 움직이지 않기를 바랐다.

"솔직히 사람들이 보기 싫습니다. 진짜 구역질납니다."

"그래도 그만 두는 거는 하지 마이소. 거기에 늘 있는 것도 아니고……."

이준성은 정상기의 눈길을 애써 피하고 있었다.

"정 기사님, 한 잔하고 제 한 잔 주십시오. 정말로 같이 근무한 때가 그립습니다. 그 때가…"

고개를 돌리는 이준성의 얼굴을 따라가며 정상기가 노래방 반주보다 훨씬 크고 발악적으로 소리쳤다.

"이 기사, 그래도 그만 두면 안 돼. 아무도 이 기사 욕할 사람 없어. 제발 그만 두지 말고 공부해."

더 나은 곳을 향하여 현실을 단절하고 새롭게 출발하려는 이준성의 열정과 다짐은 이미 굳어져 있었다. 마지막 노래는 '환희'로 다시 입

력되고 마저 끝내지도 않고 두 사람은 일어섰다. 가로등 불빛사이로 길가의 은행잎이 시간의 무게에 차례로 떨어져 내린다.

"정 주사님은 체질이 아닌 것 같습니다."

정상기 몰래 업주에게 받은 돈 봉투를 전달하다 호되게 퇴짜를 맞은 젊은 감시계 직원의 푸념이다. 잠시 들러 가는 다방에서, 남의 사업장에서 공무원이라고 당연히 큰 절 받아가며 죄의식도 없이 손해를 안겨주며 몰려다닌다. 존재 그 자체가 남에게 피해를 입힐 수도 있는 강력한 구조 속에서 공익 운운하며 더 나은 자신의 삶을 위하여 노력한다. 그러면 그 길의 끝은 어디인가? 나만의 행복인가? 정상기는 허지우 계장을 욕하는 젊은 직원들의 행동에서도 허지우의 그림자를 쓸어버릴 수 없었다.

아직도 아름다운 은행잎들이 떨어져 이리저리 바람에 밀려다닌다. 여섯 살, 세 살의 두 아이를 따라 밤늦도록 놀다 그 옆에 곤하게 잠든 아내의 모습을 바라보면 정상기가 느끼는 행복감은 창밖의 보름달 보다 더 크다.

짧아지는 석양을 떠받치는 은행나무 가로수는 점점 창백한 모습으로 변해가고, '외로울 때 그 때 울어요'를 외치며 좁은 노래방에서 몸을 흔들어대든 이준성은 결국 사표를 쓰고 말았다. 정상기의 말처럼 대한민국에서 가장 확실하게 밥 빌어먹을 수 있는 길을 포기한 것이다.

이준성은 자신감으로 넘쳤던 법원직 시험에 떨어졌다. 새해를 맞아 마음을 굳게 먹으며 책을 펼쳐도 눈앞에는 쌍둥이의 얼굴만 어른거렸다. 퇴직금으로 일 년만 버텨주면 꼭 합격할 수 있다고 장담했지만 임신한 아내는 기어이 시간제 일거리를 찾아 나섰다. 이준성은 돌이킬 수 없는 현실을 잊고 싶어 아파트 문을 박찼다. 피우지도 못하는 담배를 사서 불을 붙였다. 확 하게 들이닥친 담배연기는 이준성의 가슴을 사정없이 할퀸다. 눈물을 흘리며 켁켁 거리는 이준성 옆으로 우체부가 지나갔다.

오늘은 소식이 있으려나 생각하며 이준성이 집배원을 뒤따랐다. 그러나 집배원은 이준성의 아파트 우편함에 아무것도 넣지 않았다. 이준성은 퇴직금을 기다리고 있었다. 지난 해 11월 초 퇴직과 함께 청구된 공제회비는 예정된 날짜에 도착했으나 웬일인지 퇴직금은 해가 바뀌어도 수령통보가 없었다.

기다리다 못한 이준성이 의심쩍은 마음으로 연금공단에 전화를 걸었다.

"예, 연금공단 오륙찬 입니다."

이준성이 상황을 설명하자 오륙찬은 쉽게 대답했다.

"그건 벌써 등기로 보냈습니다. 의문이 있으면 직접 확인해 보세요."

오륙찬, 이준성은 연금공단의 직원이름을 적어놓고 마산 우체국에

등기 도착을 확인하러갔다. 우체국 등기 담당 직원과 함께 이층 우편물 보관소를 뒤지며 자세한 설명까지 듣고 확인했다. 그러나 연금공단에서 발송한 날짜에 이준성의 주소로 보내진 등기는 없었다.

다음 날 이준성은 연금공단에 다시 전화를 걸었다.

"예 - 연금공단입니다."

어제와 달리 전화 받는 직원의 관등성명이 빠져버리고 발신음도 명쾌하지 않았다.

"어제 전화한 마산시 퇴직자 이준성입니다. 공단에서 말 한 대로 마산 우체국에서 확인해보니 그런 등기가 도착하지 않았습니다. 어찌 된 일입니까?"

"아 - 그래요. 여기 서류는 이상이 없는데, 그럼 며칠 더 기다려 보세요."

전화는 끊어졌다. 그리고 열흘을 더 기다려도 퇴직금은 도착하지 않고 설날만 코앞으로 다가왔다. 이준성이 다시 전화기를 들고 연금공단에 불안한 심정을 토로했다.

"그러면 직접 오셔서 해결하세요."

"아-니, 여기서 서울이 어딘데 지금 찾아가서 일을 본 단 말입니까? 더구나 이 대목에……."

"그럼 어떻게 하시겠다는 말씀인가요? 당신 같은 사람이 하루에도 수십 명 있어요. 그러니 알아서 결정하세요."

“아–니, 무슨 그런…….”

이준성은 울화가 치밀어 올랐으나 심정을 토하지 못하고 목소리를 가다듬었다.

“그러면 오륙찬씨를 찾으면 됩니까?”

“오륙찬씨는 담당자가 아닙니다. 담당자를 찾아오세요.”

“담당자 성함이 어떻게 됩니까?”

“여기 와서 담당자를 찾으면 되요.”

이준성이 불길한 느낌을 떨쳐버리지 못하고 며칠간 안절부절 하는 중에 뜻밖의 전화가 왔다.

“안녕하세요. 저 기억하세요?”

등기우편 확인 관계로 몇 번 통화한 연금공단 우체국에 근무하는 아가씨였다.

“제가 다시 한 번 알아보고 연락드리겠습니다.”

모든 것을 알고 있으면서도 말하지 못하고 바르게 할 수도 없는 마음씨 착한 우체국 아가씨가 보내온 마지막 연락이었다.

“죄송합니다. 제가 능력이 없어서…….”

이준성은 연금공단에 전화하여 이제까지 상황을 확인한 후 마음을 결정하기로 하였다. 답답한 마음을 정리하여 다시 한 번 차분하게 전화를 했으나 대답은 변함이 없었다.

“나쁜 놈들, 남의 퇴직금을 자기들 용돈으로 생각해, 더구나 공무원 연금으로 먹고 사는 놈들이 아닌가. 나쁜 놈들"

　이준성은 스스로 해결할 수 없다는 생각에 이르자 마지막 호소처를 찾았다. 감사원, 정부합동 민원실, 청와대 그리고 연금공단 이사장에게 진정서를 보냈다.

　진정서의 답변들은 겨울의 힘이 다할 무렵에야 이준성에게 도착했다.

　　– 확인하니 사실인즉 적의 조치하였음.
　　– 사실 확인하여 해당부처에 통보하였음.

　엎드려 절 받는 당연한 말씀들이 먼저 도착하고 연금공단의 회신이 그 뒤를 이었다.

　　– 주공 아파트 109동 507호를 109동 50호로 잘못 기재하여 일어난
　　　일이었음.

　이준성은 담배를 빨아 당겼다. 대한민국 어느 아파트에 세대호수를 두 단위로 쓰는 곳이 있는가? 하물며 방 두 세 개 쓰는 여인숙도 101호, 102호로 구분하지 10호, 20호로 쓰는 데는 없다. 담뱃재를 터는 이준성의 손이 바르르 떨렸다. 조직적으로 또는 공공연하게 개인 퇴직금을 농간부리는 연금공단 직원의 얼굴이 실험실장의 얼굴과 겹쳐 보

였다. 순간 이준성은 얼굴을 찌푸리며 욕을 내뱉었다.

정상기가 끌려가듯 출근한 사무실에는 허지우의 목소리가 힘차게 울려 퍼진다.

"여보세요, 여보세요, 허, 아– 예, 예. 그러면 오늘 점심되겠습니까? 아– 예– 예."

정상기는 꺼낸 서류를 덮어놓고 구내식당으로 향했다. 식당입구에 벽을 기대고 선 커피 자동판매기에서 95.6도를 오르내리는 자동판매기의 체액을 한 잔 뽑아들고 주 경기장으로 나갔다. 겨우내 푸르름을 숨겼던 잔디가 봄볕에 힘찼다. 정상기는 둥그런 녹색그라운드에 두 발을 뻗고 앉았다. 심호흡을 하자 커피 향에 기분이 구수하다.

"정 주사님 여기 계십니까? 정수장에서 전화 왔습니다."

전달 온 직원은 정상기를 많이 찾은 듯 안경 너머로 불만스런 눈빛을 보였다. 전화한 사람은 마규현이었다.

"정 주사, 잘 있나? 정수계장이다. 이번 식목일에 김정미 결혼한다. 벚꽃 구경도 하고 한번 만나자. 이준성이는 니가 연락해라. 그럼, 그날 보자."

식목일은 진해 벚꽃 잔치의 절정이다. 4월 5일 아침, 정상기는 11시 결혼식에 늦지 않도록 넉넉하게 출발했다. 9시가 못되어 댓거리에서 출발한 버스가 봉암동 수출자유지역 후문부터 느려지기 시작했다. 밀리는 자동차와 공장에서 내뿜는 연기를 뚫고 버스가 봉암교에 오르자 시야가 기분 좋게 터진다. 터널을 향한 언덕길을 버스가 힘을 쓰며 달린다. 건너편 장복산 옛길의 벚꽃이 보기 좋다. 터널을 통과하자 저 멀리 제황산 전망대가 어서 오라고 빼꼼이 눈짓한다. 버스가 지나는 도로가의 집들과 늘어진 벚꽃이 맞닿아 보는 이도 정겹다.

장복산 예식장은 철길 건너 삼거리 교차로에서 오른쪽 첫 정류소 근처였다. 4층 건물에 김정미의 결혼식장은 2층이었다. 마규현은 자신의 승용차로 신길태와 김숙영을 싣고 왔다. 이준성은 예식시작 10분 전에야 도착했다. 벚꽃 잔치 인파와 하객들로 예식장은 안팎이 따로 없이 북적거렸다. 신부입장의 팡파르 속에 나타나는 키 큰 김정미의 모습은 활짝 핀 한그루 벚꽃나무였다. 짙은 화장 때문에 얼굴의 홍조는 보이지 않아도 눈빛은 벚꽃보다 더 화사했다. 신부입장을 마치자 마규현이 정상기의 소매를 잡아당겼다.

"이제 가자. 어디 가서 이야기 좀 해야지."

네 사람은 중원 로터리 근처 상가 파라솔 속에 앉았다. 만발한 벚꽃이 바람도 없이 꽃잎을 날려 보낸다. 김숙영이 캔 커피를 사다가 하나씩 나눴다.

"이 기사는 요새 어떻노. 뭐 결정이 됐나?"

마규현이 이준성의 눈치를 살피며 조심스레 물었다.

"예, 공부 열심히 하고 있습니다. 이번에 소방직 시험에도 응시했습니다. 첫 월급타면 한 턱 내겠습니다."

이준성은 육 개월 전보다 훨씬 차분한 모습으로 대답했다.

"합격자 발표도 나기 전에 한 턱 낸다 쿠는 것 보니까, 시험 아주 잘
친 모양이지?"

신길태가 히죽거리며 이준성이 빠뜨린 말을 대신했다. 이준성은 말
없이 웃고 신길태가 속내를 드러냈다.

"결혼식 보니까 나도 결혼식 하고 싶네."

김숙영이 안경 너머로 신길태를 훔쳐보며 한 마디 거들었다.

"재혼 여행이라도 가지 예?"

신길태와 김숙영의 이야기를 듣고 있던 이준성이 정상기를 보며 참
았던 말을 꺼냈다.

"정 기사님, 절대로 중간에 그만 두지 마십시오. 나는 세상 사람들이
이렇게 남을 속이는 줄 몰랐습니다."

이준성이 자신의 퇴직금 이야기를 들려주며 쓴웃음을 지었다. 고개
를 끄덕이던 정상기가 마규현에게 정수장 소식을 물었다.

"이제 페놀 사건은 완전히 끝났습니까?"

마규현이 꼬았던 다리를 풀고 의자를 당겨 앉는다.

"이제 끝났지. 시장은 진급해서 부지사로 갔고, 시민단체는 조용하
고, 정수계는 곧 없어질 거고…"

시의회는 실험실과 업무가 중복되는 정수계를 폐지하도록 결정했고

마규현은 정수계의 마지막 계장이 되는 것을 무척 부끄러워했다.

다른 사람의 이야기를 따라가며 이쪽저쪽으로 얼굴을 돌리던 김숙영이 정상기에게 시선을 멈추었다.

"정 기사님, 지금도 낙동강 원수에서 페놀이 잡힙니다. 비가 오면 확실하게 나타납니다."

정상기가 파라솔을 감싼 벚나무를 주먹으로 쳤다. 꽃잎이 놀란 나비떼처럼 떨어진다.

"진실 된 반성 없이 서로의 발전은 없어. 아무런 기록조차 없는 페놀 사건도 한바탕 소동에 불과해."

군악대 소리가 가슴을 흔들고 꽃잎이 인파 속으로 몸을 날린다. 파라솔 아래 다섯 사람이 다시 오지 않아도 진해의 벚꽃은 내년 식목일에도 활짝 필 것이다.

가로수 은행잎이 황금빛으로 변해가는 길을 따라 정상기가 정수장을 떠난 지도 일 년이 지났다. 한겨울 은행나무 가로수에 떨어지지도 못하고 조그맣게 말라버린 은행잎이 거미줄에 매달려있다. 이제는 길가에 떨어져 가을을 황금빛으로 물들인 친구 잎을 만날 수도 없다. 그 옆에는 새싹들이 소리 없이 가슴을 키운다.

설을 앞둔 마지막 주말 오후에 정상기는 아내와 함께 백화점에 들렀다. 백화점 앞은 화려한 네온사인과 많은 사람들로 활기찬 대목 풍경을 만들어냈다. 쇼핑을 마치고 집으로 돌아가는 버스 안에서 갑자기 들려온 커다란 사이렌 소리가 정상기의 가슴을 찔렀다. 여러 대의 소방차가 출동하면서 사이렌 소리가 길게 연결되었다.

애애-앵, 애-앵-

저녁식사를 마친 정상기는 습관적으로 텔레비전 뉴스에 채널을 맞췄다. 뉴스를 진행하는 화면 아래로 자막이 흐른다.

〈마산역 인근 여관 화재발생. 현재 진화 중. 민간인 피해는 없는 것으로 추정. 소방관 2명 부상. 한 명 중태 이준성 소방사. 동마산 병원 응급실 〉

"이런 바보 같이……."

정상기는 동마산 병원으로 달려갔다. 이준성의 웃는 모습이 자꾸 떠올랐다.

"첫 월급타면 한 턱 내겠습니다."

이층 중환자실 복도는 발 디딜 틈이 없었다. 정상기는 안쪽 엘리베이터 옆에 서있는 이준성의 아내를 발견하고 안부를 물었다.

"생명에는 지장이 없다고 합니다."

"어이구 다행이다. 다행"

정상기는 준비해 간 봉투를 이준성의 아내에게 꼭 쥐어주었다. 고개를 숙이는 이준성의 아내는 처녀시절보다 훨씬 수척하고 얼굴이 검었다.

집으로 가는 버스를 타기 전에 정상기는 병원입구의 자동판매기에서 커피 한 잔을 뽑았다. 그리고 벽에 기대어 눈을 감았다.

"이 바보야, 이 바보 같은 이 준성아, 세상 불을 혼자 다 끌 수 있나? 이제 그만 바보 같이 살아라. 제발, 이 바보야"

다음날 오전 정상기는 출근하여 허지우의 책상에 출장명령부를 올려놓고 합성동 시외버스 터미널로 향했다. 검찰청으로 향하는 허지우의 전화통화는 뇌물액수가 누적될수록 필사적이었다.

"여보세요- 여보세요- 아- 예, 예. 오늘 점심되겠습니까? 아- 예, 예. 감사합니다."

남지행 완행버스는 여전히 낡고 붉은 색이었다. 정상기는 정수장을 지나 철교에서 내렸다. 암자의 불경소리가 강물과 함께 가슴으로 흘러들었다. 대나무를 덧댄 불안한 철교 아래로 낙동강은 변함없이 흐른다. 정상기는 철교 입구 오래된 서원에 올라 낙동강을 바라보며 혼자 대화했다.

"낙동강 물이야 맑아지겠나? 이토록 거짓과 욕심을 뱉어내는데, 페놀은 그때도 흘렀고 지금도 흐르고 있어. 위선과 이기심이 서로를 비웃으며 물속을 헤집고 있어. 온 국민이 정직해 질 때까지 낙동강 물은 맑아지지 않아"

한동안 낙동강을 바라보던 정상기에게 칠 년 전 이곳에서 봤던 노인이 생각났다. 누더기를 걸치고 혼자 중얼거리며 낡은 철교를 헝겊과 대나무와 새끼줄로 묶고 있었다. 동네사람들의 이야기는 철교가 없던 시절 나룻배가 전복되어 노인이 아내를 잃었다고 하였다. 그 후 철교가 생기자 노인은 누구보다 철교를 아꼈다. 혹시 장마철에 강물이 불어나면 철교가 무너지지 않을까 걱정되어 대나무를 철교에 덧댔다. 노인이 덧댄 대나무와 헝겊과 새끼줄 때문에 철교는 보기 흉해도 마을 사람들은 그를 미쳤다고 했지만 욕하지는 않았다.

비닐하우스가 강물만큼이나 넓게 펼쳐진 다리 저편에서 허지우의 목소리가 메아리친다.

"여보세요, 여보세요. 아− 예, 예. 오늘 점심되겠습니까? 아− 헤헤헤, 그러면 저녁은− , 아− 예. 헤헤헤. 뭐 오늘만 날입니까? 예. 예. 다음에 뵙겠습니다."

정상기는 품속의 사직서를 매만지며 흔들리는 철교를 따라 천천히 걸었다.